Bianca

MÁS DULCE QUE LA VENGANZA

MAYA BLAKE

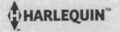

Editado por Harlequin Ibérica.
Una división de HarperCollins Ibérica, S.A.
Núñez de Balboa, 56
28001 Madrid

I.S.B.N.: 978-84-687-8503-5
Depósito legal: M-24682-2016
Impresión en CPI (Barcelona)
Fecha impresion para Argentina: 3.4.17
Distribuidor exclusivo para España: LOGISTA
Distribuidores para México: CODIPLYRSA y Despacho Flores
Distribuidores para Argentina: Interior, DGP, S.A. Alvarado 2118.
Cap. Fed./Buenos Aires y Gran Buenos Aires, VACCARO HNOS.

Prólogo

CARLA Nardozzi aceptó la mano que el conductor del lujoso vehículo le había ofrecido. El trayecto desde el hotel del Upper East Side hasta el centro de Nueva York había sido tan frío como la temperatura del aire acondicionado, y la tensión del hombre que estaba a su derecha no había contribuido a mejorar las cosas: Olivio Nardozzi, su padre.

Si hubiera sido capaz, habría sonreído al amable chófer; pero los acontecimientos de la última semana la habían dejado en un estado de conmoción que le impedía pensar. Y aún faltaba lo más duro de todo.

Ajena a las luces y los sonidos de la ciudad, Carla alzó la cabeza y contempló el rascacielos donde se encontraba la sede de J. Santino Inc. Arriba, en el piso sesenta y seis, le esperaba un hombre al que no deseaba volver a ver.

Por desgracia, no tenía elección. Su padre y sus consejeros la habían presionado hasta conseguir que se reuniera con él. Le habían repetido constantemente que era una gran oportunidad, algo único en la vida, y que solo un loco la habría rechazado. Hasta el solemne y práctico Draco Angelis, su agente y amigo, se había sumado al bombardeo. Pero Draco desconocía los motivos que la llevaban a resistirse.

Carla no quería tener ninguna relación con el dueño de aquella empresa, una de las más importantes del mundo en el mercado de bienes de lujo. Y se habría negado hasta el final si las circunstancias no hubieran dado un giro en contra suya.

Resignada, se armó de valor para ver al hombre al que había rehuido durante tanto tiempo. El hombre con el que había perdido la virginidad. El hombre que le había regalado la noche más apasionada e intensa de su vida. El hombre que, a la mañana siguiente, había rechazado sus torpes palabras de amor con la precisión de un cirujano.

–Vamos, Carla... Por mucho que mires el edificio, ese acuerdo no se va a firmar solo –dijo su padre.

Carla sintió un escalofrío que no guardaba ninguna relación con la temperatura de aquella mañana de marzo. Estaba triste, enfadada y, sobre todo, decepcionada. Olivio Nardozzi tenía una forma verdaderamente extraña de demostrarle su afecto; una forma que no encajaba bien con el concepto de paternidad.

–No estaríamos aquí si tú no hubieras perdido...

–No empieces otra vez, Carla –la interrumpió–. Lo hemos hablado mil veces, y no quiero repetirlo en público. Tienes una imagen que mantener. Una imagen por la que tú y yo hemos trabajado mucho. En menos de una hora, nuestros problemas económicos serán cosa del pasado. Tenemos que mirar hacia delante.

Carla se preguntó cómo podía mirar hacia delante cuando estaba a punto de meterse en la guarida del león. Un león cuyo rugido le asustaba bastante más que el silencio que había guardado durante tres años.

Pero no podía hacer nada, así que respiró hondo y, tras pasar por la puerta giratoria del edificio, entró con su padre en el ascensor.

La sede de J. Santino Inc no era como se la había imaginado. Desde luego, tenía el ambiente frenético de cualquier empresa grande, pero se quedó asombrada cuando salieron del ascensor y entraron en un vestíbulo lleno de plantas, con paredes de un color cálido, sofás de aspecto cómodo y obras de arte latinoamericanas que, además de parecerle exquisitas, le recordaron el lado más pasional de Javier: su lado hispano.

Al cabo de unos segundos, se les acercó una mujer impresionante. Era la recepcionista, quien los saludó y los acompañó a una enorme sala de reuniones.

–El señor Santino estará con ustedes enseguida –dijo.

La aparición de Carla y Olivio causó un pequeño revuelo entre los miembros del equipo jurídico de Javier, que ya habían llegado. Sin embargo, Carla no les prestó mayor atención de la que había prestado a los suntuosos sillones, la gigantesca mesa de madera de roble y las preciosas vistas de Manhattan. Estaba demasiado preocupada ante la perspectiva de reunirse con Javier, así que se limitó a guardar silencio.

¿Cómo la mirarían sus ojos de color miel? ¿Seguirían llenos de ira, como la última vez? No tenía motivos para creer que su actitud hubiera cambiado; pero, si aún la odiaba, ¿por qué le había ofrecido aquel acuerdo? ¿Solo porque era una estrella del patinaje artístico? Ella no era la única deportista famosa del país. Podría haber buscado a otra. De hecho, había docenas de personas que podrían haber representado los intereses publicitarios de su empresa.

Por si eso no fuera bastante sospechoso, Javier había dejado las negociaciones previas en manos de sus abogados y ejecutivos. Era obvio que no la quería ver. Tan obvio que Carla tenía la sensación de haber caído en una especie de trampa.

Pero quizá estuviera exagerando. Conociendo a Javier, cabía la posibilidad de que la hubiera olvidado y de que aquel acuerdo fuera exactamente lo que parecía, un simple y puro negocio. A fin de cuentas, ella no había sido ni la primera ni la última mujer que había compartido su lecho. Javier se guiaba por dos normas que aplicaba a rajatabla: trabajar duro y divertirse mucho. Y, según la prensa amarilla, se estaba divirtiendo a lo grande.

¿Se habría equivocado al pensar que había surgido algo entre ellos? ¿Se habría engañado a sí misma al creer que su extraña noche de amor lo había cambiado todo?

—¿Se va a quedar de pie, señorita Nardozzi?

La voz de Javier Santino la sacó de sus pensamientos y la dejó momentáneamente sin aire. Estaba al otro lado de la mesa, tan formidable, masculino y sexy como lo recordaba. Llevaba camisa blanca, corbata azul y un traje de color gris oscuro que enfatizaba la anchura de sus hombros.

Carla clavó la vista en sus esculpidos pómulos y en sus sensuales labios, que siempre tenían un tono más rojizo de lo normal. Era como si los hubieran besado tanto que, al final, se hubiesen quedado así.

—Muy bien, si prefiere quedarse de pie... —continuó Javier, mirándola con sorna–. ¿Le apetece tomar algo?

Carla tuvo que hacer un esfuerzo para contestar.

–No, gracias.

–Entonces, será mejor que empecemos.

Él le ofreció una silla que estaba a su derecha, y ella no tuvo más remedio que aceptarla. El corazón le latía tan fuerte que casi se podía oír, pero su nerviosismo no estaba justificado. Ironías aparte, la actitud de Javier era absolutamente impersonal, típica de un hombre de negocios. No la miraba con ira. No la miraba con deseo. Nadie se habría podido imaginar que habían sido amantes.

–Tengo entendido que nuestros abogados se han puesto de acuerdo, y que está dispuesta a aceptar los términos que estipula el contrato.

Carla miró brevemente a su padre, que mantenía un silencio tenso y orgulloso. Ardía en deseos de abalanzarse sobre él y exigirle una explicación. Se había jugado todo su dinero, todo lo que había ahorrado con su trabajo. Se lo había jugado y lo había perdido, llevándola al borde de la bancarrota.

–Sí, así es. Estoy dispuesta a firmar.

–Sé que los pagos serán trimestrales –intervino Olivio–, pero ¿no es posible que se pague por adelantado, de una sola vez?

–No –dijo Javier, mirándolo a los ojos–. Y espero sinceramente que no hayan venido a esta reunión con intención de romper los términos del acuerdo a última hora.

–En absoluto –dijo ella–. A mí me parecen bien.

–Pero... –empezó a decir su padre.

–He dicho que me parecen bien –insistió Carla.

Javier la miró con dureza.

—¿Es consciente de que, debido al retraso en la firma del acuerdo, no habrá periodo de reflexión? El contrato entrará en vigor en cuanto lo firme.

Carla respiró hondo e intentó mantener el aplomo.

—Sí, soy perfectamente consciente. Pero no entiendo por qué se empeña en recordármelo. Mis abogados me lo han explicado con todo lujo de detalles, y estoy decidida a firmar —contestó—. Solo necesito una cosa: un bolígrafo.

Si Carla hubiera pronunciado esas palabras para provocar algún tipo de reacción, se habría sentido profundamente decepcionada. Él la miró con una falta de interés que rozaba la crueldad y, acto seguido, hizo un gesto a sus colaboradores.

Al cabo de unos segundos, le dieron los documentos en cuestión y un bolígrafo de diseño, con el que empezó a firmar en las páginas que le indicaron.

La suerte estaba echada. A partir de ese momento, pasaba a trabajar en exclusividad para J. Santino Inc. Sería la imagen pública de sus elegantes productos, y tendría que participar en campañas publicitarias y actos sociales cada vez que se lo pidieran.

Carla intentó animarse con la idea de que en esos momentos podría negociar con el banco y salvar la casa de su familia, que estaba en la Toscana. No podía decir que hubiera sido un verdadero hogar para ella, pero era el único que les quedaba. Ya habían perdido el piso de Nueva York y el chalet de Suiza.

Cuando terminó de firmar, dejó el bolígrafo en la mesa y se levantó.

—Gracias por su tiempo, señor Santino. Ahora, si nos disculpa...

–Aún no se puede ir, señorita Nardozzi.

Javier también se levantó.

–¿Por qué? ¿Es que queda algo por discutir?

Él sonrió y dijo:

–Sí, algo de carácter confidencial. Acompáñeme a mi despacho, por favor.

Carla no se movió. Le aterraba la perspectiva de estar a solas con él. Tenía miedo de perder el aplomo que, hasta entonces, había mantenido con grandes dificultades.

–Vamos, señorita Nardozzi –insistió Javier, tajante.

Ella tragó saliva y lo siguió a regañadientes. ¿Qué podía hacer? Al firmar el contrato, se había convertido en empleada de su empresa, y no se podía negar a una petición que, en principio, era perfectamente razonable.

Javier la invitó a entrar y cerró la puerta. Su despacho no se parecía en nada a los demás; todo en él, desde la enorme mesa de trabajo hasta los sillones negros, pasando por el equipo de música y televisión, era absoluta e indiscutiblemente masculino.

Carla se volvió a sentir insegura. Sabía que, si Javier intentaba seducirla, no sería capaz de resistirse. Pero no tenía motivos para desconfiar de sus intenciones. Desde que había llegado, la había tratado con frialdad y distanciamiento, como si no tuviera más interés en ella que el puramente económico.

¿Quién se iba a imaginar que la actitud de Javier cambiaría de repente? ¿Quién se iba a imaginar que, un segundo después de entrar en su despacho, se giraría hacia ella y la miraría a los ojos con el mismo calor de los viejos tiempos?

–Por fin estamos a solas –dijo él.

A Carla se le hizo un nudo en la garganta.

–¿Por fin? ¿Qué significa eso?

Javier se acercó un poco más, aumentando el efecto de su imponente presencia.

–Significa que ardía en deseos de volverte a ver. No sabes cuántas veces he estado a punto de tirar la toalla –contestó–. Pero, como bien dicen, la venganza es un plato que se sirve frío.

Carla se quedó helada.

–¿La venganza?

–En efecto. Menos mal que soy un hombre paciente. Estaba seguro de que, más tarde o más temprano, la avaricia de tu padre y tus propias circunstancias te forzarían a aceptar este acuerdo –contestó.

–Dios mío –dijo ella, horrorizada.

Javier le dedicó una sonrisa increíblemente maliciosa, que la llevó a clavar la vista en sus sensuales labios.

–Sí, Dios mío –ironizó él–. Llevo tres años esperando el momento en que volvieras a pronunciar esa expresión.

Carla se sintió como si estuviera fuera de la realidad, como si sus palabras la hubieran expulsado del mundo y la hubiesen dejado en una especie de animación suspendida. Oía la voz de Javier, pero muy lejos y mucho más baja que la voz de su propio pánico.

Le había tendido una trampa. Había buscado el cebo perfecto, y ella había picado sin darse cuenta de lo que pasaba, repitiendo el mismo error que había cometido con su padre. Por lo visto, estaba condenada a ser la víctima propiciatoria de los demás.

–¿Creías que me había olvidado de lo que pasó? –continuó Javier–. Pues te equivocas, Carla. ¿O prefieres que te llame como los periodistas? La Princesa de Hielo. Una descripción interesante, y hasta acorde a tu forma de vestir.

Ella bajó la cabeza y miró el conjunto que se había puesto: zapatos de tacón de aguja, falda de tubo, camisa blanca y una chaqueta de diseño cuyas mangas estaban abiertas hasta los codos, de tal manera que, cuando alzaba los brazos, la tela caía en vertical. Era una indumentaria perfectamente adecuada para una mujer de su profesión, que estaba en la cresta de la ola. Y también le había parecido adecuada para reunirse con Javier.

Pero había cambiado de opinión. Si aquella mañana hubiera sabido lo que iba a pasar, habría hecho caso omiso de los consejos de su estilista y se habría vestido de blanco. Del color de la inocencia. Del color de los corderos para el sacrificio.

Estaba tan desesperada e histérica que rompió a reír sin poderlo evitar. Y a Javier no le hizo ninguna gracia.

–¡Carla! –protestó.

Ella dejó de reírse al instante.

–Vaya, ¿vuelvo a ser Carla? Pensaba que, en lo tocante a ti, me había convertido en la señorita Nardozzi –dijo con sorna.

–¿Se puede saber qué te pasa? –preguntó él, sorprendido.

–¿Y a ti qué te importa?

–Nada. No me importa nada –contestó–. Pero preferiría mantener una conversación con una mujer que parezca en sus cabales.

Carla sufrió otro ataque de risa.

–¿A qué viene esto? –insistió él.

–Ah... deberías verte la cara, Javier –dijo ella, sacudiendo la cabeza–. No te ha salido como te imaginabas, ¿verdad? Creías que me pondría a temblar como una tonta cuando me dijeras que me has tendido una trampa para vengarte de mí. Pues bien, no voy a...

Súbitamente, Javier avanzó hacia ella y la atrapó contra la pared.

–¿Qué estás haciendo? –continuó Carla.

Se miraron en silencio durante un par de segundos. Luego, él inclinó la cabeza y asaltó su boca de un modo tan apasionado y dominante que ella se olvidó de todo lo demás. Fue como si las sensaciones que había expulsado de su vida tras alejarse de Javier volvieran de golpe y se concentraran en la potente conexión de sus labios. Y no podía hacer nada salvo dejarse llevar y dejarle hacer.

Poco a poco, su propia excitación se fue imponiendo al resto de las consideraciones. Javier le mordió el labio inferior y, tras separarle las piernas, apretó su erección contra ella. Carla no se había sentido tan viva en mucho tiempo. Era una sensación maravillosa.

–¿Ya he conseguido tu atención? –preguntó él.

Carla lo miró con debilidad.

–¿Qué...? ¿Qué vas a hacer conmigo?

Javier le dedicó una sonrisa cruel y, a continuación, frotó su nariz contra la de ella en un gesto que no fue precisamente afectuoso.

–No pretenderás que te lo diga ahora... Perdería la gracia, *principessa* –respondió–. Pero te adelanto que, cuando haya terminado contigo, te arrepentirás de haberme usado y tirado hace tres años, como si fuera un objeto. Cuando termine contigo, Carla Nardozzi, te arrodillarás ante mí y me pedirás perdón.

Capítulo 1

Un mes después

–Señor, creo que debería encender el televisor.

–¿Para qué?

Javier Santino lo preguntó sin apartar la vista de los papeles que llenaban su mesa. Eran gráficos y fotografías de su nueva línea de tequilas, que estaban a punto de lanzar. Los publicistas habían hecho un trabajo excelente, y él estaba encantado.

Sin embargo, su secretaria estaba decidida a salirse con la suya. Cruzó el despacho y alcanzó el mando del televisor, arrancando un suspiro de impaciencia a su jefe. Era una mujer implacablemente eficiente; pero, de vez en cuando, se comportaba con un descaro que le sacaba de quicio.

–Quizá recuerde lo que le pidió al departamento de relaciones públicas. Les dijo que lo avisaran si alguno de nuestros clientes aparecía en las noticias.

–Sí, claro que me acuerdo.

–Pues acaban de llamar –dijo ella, encendiendo por fin el televisor–. Al parecer, Carla Nardozzi está en todos los canales.

Javier se quedó helado.

En sus treinta y tres años de vida, solo se había

cruzado con dos personas que fueran capaces de dejarlo sin palabras: su padre, omnipresente durante sus tres primeras décadas, y Carla Nardozzi, a quien precisamente había conocido el día después de cumplir los treinta. Pero no entendía por qué le afectaba tanto aquella mujer.

Por mucho que le gustara, Carla carecía de importancia en términos absolutos. No era nadie. No era más que una espina clavada en su memoria; una molestia menor, de la que normalmente se habría librado sin pestañear. Y, sin embargo, había sido incapaz de olvidarla.

—Gracias por decírmelo, Shannon. Ya te puedes ir.

Su secretaria asintió y salió del despacho. Entonces, él subió el volumen del televisor y escuchó a la reportera que estaba hablando en ese momento. Para su sorpresa, se encontraba delante de un conocido hospital de Roma.

—«Por lo que hemos podido saber, la situación de la señorita Nardozzi es estable, aunque dentro de la gravedad. Los médicos la han sacado del coma inducido, y parece que reacciona bien al tratamiento. Como saben, Carla Nardozzi sufrió un accidente mientras estaba entrenando en la propiedad familiar de la Toscana. Según informaciones sin confirmar, la policía ha interrogado a su entrenador, Tyson Blackwell, sobre la caída que...»

—¡Shannon! —exclamó Javier.

Su secretaria apareció al instante.

—¿Sí, señor?

—Habla con mi piloto y dile que prepare el avión. Tengo que ir inmediatamente a Roma.

—Por supuesto.

Shannon no había cerrado aún la puerta cuando Javier se puso a hablar con Draco Angelis, a quien llamó por teléfono. Se sabía su número de memoria, aunque la relación que mantenían últimamente era más profesional que afectuosa.

—Supongo que has visto las noticias –dijo Draco.

—¿Cuándo ha sido? ¿Cómo es posible que nadie me informara? –quiso saber Javier.

—Tranquilízate, amigo. No te había llamado todavía porque estaba muy ocupado.

—¿Que me tranquilice? –exclamó Javier, indignado–. ¡Se supone que hay gente que se encarga de estas cosas! Si tú no me podías llamar, que me hubiera llamado otro. Sabes perfectamente que quiero saber todo lo que le pase a Carla Nardozzi.

—Sí, tienes razón, pero te aseguro que estaba a punto de llamarte –se excusó–. Te has adelantado por muy poco.

—Por el bien de nuestra relación, espero que estés diciendo la verdad.

Draco suspiró.

—¿A qué viene eso, Santino? Discúlpame, pero tu reacción me parece excesiva. ¿Hay algo que yo necesite saber?

Javier tuvo que hacer un esfuerzo para mantener la calma.

—¿Al margen del hecho de que he invertido varios millones de dólares en tu cliente y de que estoy a punto de invertir muchos más? –replicó–. ¿No crees que tenía derecho a saber que había sufrido un accidente? Me he tenido que enterar por los medios de comunicación...

–Está bien. Asumo el error –dijo Draco.

–¿Cuándo ha sido? –insistió Javier.

–¿El accidente? Fue ayer.

–¿Y el coma inducido?

–Anoche, aunque no es tan grave como parece. Se lo indujeron porque no estaban seguros de que no hubiera sufrido daños cerebrales –contestó Draco–. Ya está consciente, y los médicos dicen que se pondrá bien.

Javier se sintió inmensamente aliviado.

–Estaré en Roma dentro de poco, pero te agradecería que me mantuvieras informado sobre su evolución.

–¿Vienes a Roma? –preguntó Draco, sorprendido.

–Por supuesto que voy. He invertido demasiado dinero en esa mujer, y quiero asegurarme de que se recupera –dijo–. Te veré dentro de siete horas.

–Muy bien. Hasta entonces.

Javier cortó la comunicación, alcanzó su maletín y salió del despacho.

–Cancela todas mis citas –dijo a Shannon.

Su secretaria abrió la boca como si quisiera decir algo, pero la cerró al instante.

Minutos después, Javier subió a su limusina, furioso. Se había tomado muchas molestias para tender una trampa a la Princesa de Hielo y asegurarse de que recibiera su merecido. No se iba a escapar así como así. Había encontrado la forma de vengarse de ella, y ningún accidente se lo iba a impedir.

Sus sentimientos no tenían nada que ver. Le preocupaba su estado porque tenían asuntos pendientes.

Era una simple cuestión de negocios. Y de orgullo herido.

Nada más.

Carla intentó levantar la cabeza de la almohada, pero sintió un pinchazo tan fuerte que volvió a la posición anterior.

–No, *signorina*, no se mueva. Tiene que descansar.

Ella asintió, confusa. Se sentía como si hubiera estado soñando, pero las imágenes que recordaba eran demasiado reales para formar parte de un sueño. Las imágenes y las voces, porque había dos que estaba segura de haber oído: la de su padre y, por extraño que pareciera, la de Javier.

Pero eso era absurdo. Javier Santino no quería saber nada de ella. Su último encuentro no podía haber sido más desagradable; la había tratado con la despiadada frialdad de un hombre de negocios que solo quería vengarse. Por lo menos, hasta que la puso contra la pared y asaltó su boca.

¿Por qué la había besado? Era evidente que la odiaba, y ni siquiera se lo podía reprochar. Se había portado mal con él. Había dado un golpe terrible a su inflado ego. Y un hombre tan carismático y poderoso como Javier no podía olvidar semejante insulto.

Sin embargo, su mente estaba tan embarullada en ese momento que dudó de su propia memoria. ¿La había besado él? ¿O lo había besado ella?

–¿Dónde estoy? –preguntó.

La mujer que había hablado hacía un momento se acercó a la cama y la miró. Carla no lo había notado hasta entonces, pero llevaba la inconfundible bata blanca de una enfermera.

–En un hospital de Roma –dijo–. Se cayó cuando estaba entrenando y sufrió una conmoción.

–Ah... ¿Y cuánto tiempo llevo aquí?

–Tres días. Ha estado durmiendo casi todo el tiempo desde que salió de la sala de operaciones –respondió la enfermera. Pero no se preocupe. Se pondrá bien. Iré a llamar al médico y después, si no tiene ninguna objeción, podrá recibir visitas. Sus familiares se alegrarán mucho cuando sepan que se ha despertado.

–¿Mis familiares?

Carla frunció el ceño. No tenía sentido que hablara en plural. Su padre era la única familia que tenía.

–Sí, así es –dijo la enfermera–. Su padre ha venido a verla muchas veces, se fue hace una hora, justo antes de que llegara su novio.

–¿Mi novio? –preguntó, más confundida que antes.

–Es un hombre encantador, y se nota que está muy preocupado por usted.

–Yo...

La enfermera sonrió y le dio una palmadita en la mano.

–Relájese y descanse. El médico llegará dentro de un momento.

Carla seguía dando vueltas a la desconcertante conversación cuando, al cabo de unos minutos, apareció el médico.

–*Signorina* Nardozzi, me alegra que esté despierta.

Carla guardó silencio mientras el doctor le explicaba pacientemente la situación. A medida que hablaba, la niebla de su memoria se iba disipando. Y, en cuestión de minutos, se acordó de todo.

La culpa del accidente era enteramente suya. Estaba tan enfadada con su padre, tan furiosa por lo que le había hecho, que intentaba exorcizar sus demonios en los entrenamientos. Pero las cosas eran como eran. No iban a cambiar. Y, por otra parte, no se podía permitir el lujo de sufrir un problema grave y quedarse fuera del circuito. Necesitaba estar en plena forma. Su supervivencia económica dependía de ello.

Cuando terminó con el diagnóstico, el médico dijo:

—Su padre me ha comentado que volverá a la competición dentro de dos meses.

—Sí, es cierto. No es un campeonato oficial, pero es importante de todas formas.

El hombre frunció el ceño.

—Pues le recomiendo que se abstenga de entrenarse durante un par de semanas. Si no guarda reposo, no se recuperará. Y es mejor que se lo tome con calma cuando concluya ese plazo, se ha dado un buen golpe, señorita.

—Pero tengo compromisos profesionales —protestó Carla—. ¿Qué voy a hacer con las sesiones de fotos y el trabajo publicitario?

—Hágame caso. No está en condiciones de volver a los entrenamientos —insistió el médico—. Tiene que guardar reposo durante dos semanas. El golpe de la cabeza no es grave, pero se ha roto la muñeca y tiene un esguince en el pie izquierdo. Francamente, creo que debería contratar a un fisioterapeuta para que la ayude con la recuperación.

Carla sacudió la cabeza.

–Eso no es necesario. Sé cuidar de mí misma.

–No se preocupe por eso, doctor –dijo el hombre alto y atractivo que acababa de entrar–. Tendrá toda la ayuda que necesite. Le doy mi palabra.

Carla se quedó helada al oír la voz de Javier, que clavó en ella sus intensos ojos marrones. Pero hizo un esfuerzo y preguntó:

–¿Qué estás haciendo aquí?.

Javier arqueó una ceja.

–¿Creías que no me había enterado? La noticia ha salido en todos los medios de comunicación. Tendrías que ver cómo está la calle. Tus seguidores han acampado delante del hospital –le informó–. Pero eso carece de importancia. He venido porque no te podía dejar sola en semejante situación. Me importas demasiado.

Carla pensó que no podía ser más cínico. Había pasado un mes desde la firma del contrato, y Javier no había desaprovechado ninguna oportunidad de humillarla. Cada vez que surgía la ocasión, sacudía el lucrativo acuerdo delante de su padre para que ella no tuviera más remedio que bajar la cabeza y obedecer.

No se podía decir que fuera una situación nueva. Sus veinticuatro años de vida habían consistido esencialmente en eso. Sin embargo, empezaba a estar cansada de que todo el mundo le diera órdenes.

–Agradezco tu preocupación, pero será mejor que te vayas. Como ves, estoy hablando con mi médico.

El doctor carraspeó.

–Me temo que el señor Santino tiene permiso para estar aquí. Se lo ha dado su padre –dijo.

Carla miró a Javier con ira.

–Mi padre no te puede dar ningún permiso. Esa decisión es exclusivamente mía.

Javier le dedicó una sonrisa cargada de sorna.

–¿Y qué pretendes? ¿Que el médico me eche de la habitación? –preguntó–. No me digas que tienes miedo de charlar conmigo.

–Yo no tengo miedo de nada. Pero no son ni el momento ni el lugar más adecuados para hablar –replicó Carla–. Vuelve más tarde.

Él apretó los dientes.

–Sí, supongo que podría volver más tarde, pero sería absurdo. Sé que el médico ya te ha informado de la situación, y también sé que tienes que guardar reposo durante unas semanas. De hecho, estoy dispuesto a suspender tus compromisos con J. Santino Inc. hasta que te recuperes. Y me aseguraré de que tengas toda la ayuda profesional que necesites.

El doctor asintió con energía.

–Una decisión inteligente.

–Y muy generosa, añado yo –intervino Carla–. Pero no necesito que me ayudes con el proceso de rehabilitación.

Javier se acercó a la cama, y ella tuvo que echar la cabeza hacia atrás para poder mirarlo a los ojos.

–Es posible que hayas olvidado la letra pequeña del acuerdo que firmaste, así que te refrescaré la memoria. Una de las cláusulas dice que mi empresa tiene derecho a estar informada sobre cualquier situación que afecte a tu rendimiento, y a tomar las medidas oportunas para asegurarse de que lo recuperes.

–Oh, siento que mi caída te cause tantas molestias –ironizó.

–Sí, es de lo más inconveniente, pero te prestaré toda mi colaboración si te portas de forma razonable. Aunque quizá prefieras que ponga el asunto en manos de mis abogados, por supuesto.

–¿Serías capaz?

Javier entrecerró los ojos y se giró hacia el médico.

–Si ya ha terminado, ¿tendría la amabilidad de dejarme a solas con la señorita Nardozzi? Le aseguro que llegaremos a un acuerdo y que recibirá los mejores cuidados que se puedan conseguir.

–Faltaría más.

El médico salió de la habitación, y ella se sintió súbitamente débil. Pero su debilidad no era consecuencia de su estado físico, sino del hombre que la estaba mirando de arriba abajo, sin decir nada.

Siempre se sentía así cuando estaba con él. Se volvía más consciente que nunca de su propio cuerpo, tan cercano en ese momento a la desnudez que solo tenía una fina bata de hospital como defensa. Javier despertaba su sensualidad. La excitaba. Conseguía que abandonara su cautela y se imaginara haciendo todo tipo de locuras.

Carla ya no era la jovencita que se había quedado cautivada en Miami con un hombre peligrosamente atractivo. Habían pasado tres años desde entonces. Pero la experiencia de aquel fin de semana seguía grabada a fuego en su memoria. Y, por lo visto, Javier le gustaba tanto como la primera vez.

–¿Qué ocurre? ¿Te has quedado sin habla de repente? –preguntó él–. ¿No vas a decir nada?

–Tengo muchas cosas que decir, pero prefiero esperar a que hables tú y te desahogues. Así estarás cansado cuando llegue mi turno.

Él sonrió.

–¿Es posible que ya no te acuerdes, *cara*? Yo no me canso con facilidad. Y menos aún, cuando se trata de cosas que me apasionan.

Javier se acercó a la mesita de noche, alcanzó la jarra de agua y, tras llenar un vaso, se lo dio a Carla y dijo:

–Bebe.

Ella estuvo a punto de negarse, pero tenía la boca tan seca que aceptó el ofrecimiento y dio un buen trago.

–Tómatelo con calma –continuó Javier–. No quiero que te atragantes.

–Oh, por favor... Deja de fingir que mi salud te preocupa.

Él le quitó el vaso y lo devolvió a la mesita.

–No estoy fingiendo. Tu salud me podría costar varios millones de dólares. Si no te recuperas, no podrás cumplir los términos de nuestro contrato. Y ahora, dime qué diablos pasó con tu entrenador.

Carla frunció el ceño. Draco, su agente y amigo, le había aconsejado reiteradamente que no se entrenara con Tyson Blackwell. Y hasta su propio instinto le decía que iba a cometer un error. Pero lo había cometido de todas formas.

–No hay mucho que contar. Me equivoqué –dijo ella–. Eso es todo.

Javier la miró con dureza, y Carla se dio cuenta de que acababa de usar casi las mismas palabras que le había dedicado a él tres años antes.

–¿Eso es todo?

–Yo... yo no quería decir que...

–Sé lo que querías decir. Tienes la extraña habilidad de cometer errores que vas dejando a tu paso como cadáveres.

–Mira, Javier...

–¿Quieres saber por qué estoy aquí? –la interrumpió–. Pues bien, te lo diré. Es muy sencillo, querida. He venido a cumplir la promesa que te hice hace un mes.

Capítulo 2

QUÉ significa eso?

Javier no contestó inmediatamente a su pregunta. Se acercó a la ventana de la habitación, contempló las vistas durante unos segundos y, solo entonces, se giró hacia ella.

—Te elegí para que fueras el rostro de nuestros productos porque eres toda una experta en el arte de combinar la fingida inocencia y la ambición más despiadada.

—¿Me estás haciendo un cumplido? —ironizó Carla—. Porque no lo parece.

Él se encogió de hombros.

—Me limito a constatar un hecho, cuyos resultados hablan por sí mismos. O, por lo menos, hablaban.

—¿Adónde quieres llegar, Javier?

—A que últimamente tomas decisiones discutibles.

—¿Decisiones?

—Sí. Forzaste tanto las negociaciones con la agencia de Draco Angelis que estuvo a punto de retirarse. ¿Qué pasó? ¿Creíste que lo podías exprimir y que no pasaría nada? Menos mal que al final cambiaste de actitud. Y luego, te asociaste con Tyson Blackwell a pesar de que todo el mundo sabe que es demasiado duro.

Carla quiso decirle la verdad, pero en ese momento no se atrevió porque implicaba acusar a su padre.

–Como sabes, mi entrenador anterior se ha jubilado, y necesitaba a alguien que lo sustituyera temporalmente.

–Lo comprendo, pero Blackwell no es la persona adecuada –dijo–. Y lo sabías de sobra.

Carla suspiró.

–Está bien, seré sincera contigo. No fue cosa mía. Mi padre llegó a un acuerdo con él sin consultármelo.

–¿Y por qué no lo rompiste?

Carla había intentado romperlo, pero la conversación con su padre había terminado en una discusión de lo más desagradable. Una discusión durante la cual supo que no tenía más remedio que trabajar con Blackwell, porque carecían de la suma necesaria para contratar a otro.

En lugar de rebelarse, ella decidió olvidar el asunto y evitar males mayores. Ya había descubierto que su padre estaba más interesado en el prestigio y el dinero que en su propia hija. Pero no quería asumir la dura verdad. Y, si se rebelaba, corría el riesgo de que todos sus trapos sucios salieran a relucir.

–Vamos, Javier... Los dos sabemos que me obligaste a firmar ese contrato porque te querías vengar. ¿A qué viene esta conversación?

–Ya te lo he dicho. Tu salud afecta a nuestros negocios. Y, por otra parte, no te contraté exclusivamente por eso. Eres una gran profesional –contestó–. De hecho, tu padre logró convencerme de que no encontraría a nadie mejor.

–¿Ah, sí? Tenía entendido que fuiste tú quien lo convenció a él.

–¿Eso es lo que te ha dicho? –preguntó Javier.

Ella apretó los puños y apartó la mirada. Su relación con Olivio Nardozzi estaba peor que nunca. Se había empezado a estropear cuando Carla tenía diez años, el día en que su madre los abandonó a los dos. Y no había mejorado con el tiempo.

Al principio, Carla había creído que el trabajo contribuiría a suavizar las cosas. Olivio era su director técnico, el hombre que gestionaba toda su carrera; pero también era un hombre egoísta, que reaccionaba con brutalidad cada vez que algo amenazaba su tranquilidad económica. Y estaba particularmente enfadado con ella desde que le había dicho que quería tomarse un descanso y replantearse su vida.

Carla intentaba convencerse de que su actitud actual se debía a lo sucedido con su esposa, que había fallecido tres años antes. Quería creer que, a pesar de su separación, seguía enamorado de ella; y que su desaparición física lo había trastornado. Pero, aunque fuera cierto, eso no explicaba lo que le había hecho: urdir un plan a sus espaldas para que se casara con Draco Angelis.

–No quiero hablar de mi padre –dijo–. Quiero saber por qué has venido. Y no insistas con el argumento de que te preocupa mi salud, porque no te creo.

–Pues es verdad. He venido para asegurarme de que no te vuelva a pasar esto...

Javier alzó una mano, le tocó la venda que llevaba en la frente y, a continuación, le acarició la muñeca, cerca de la escayola.

Carla se estremeció.

–No me toques, por favor.

Él apartó la mano.

–Está bien. No te tocaré. Pero espero que te tomes en serio el proceso de rehabilitación –replicó, molesto–. Y mírame a los ojos cuando te hablo.

Carla alzó la cabeza y lo miró a los ojos.

–Como decía antes, soy perfectamente capaz de cuidar de mí misma. Cuando vuelva a la Toscana...

–No vas a volver.

Ella frunció el ceño.

–Por supuesto que sí. Es mi casa.

–Puede que lo sea, pero esa casa está a cien kilómetros del centro médico más cercano. Esta vez has tenido suerte, porque había un helicóptero disponible y te pudieron llevar a un hospital. Pero es posible que la próxima no lo haya –dijo Javier–. Además, prefiero que estés cerca de mí, para poder vigilarte.

–De acuerdo, tú ganas. Me quedaré en Roma y alquilaré un piso.

Él sacudió la cabeza.

–No. Irás a Nueva York o a Miami, como prefieras. Es la mejor opción.

–La mejor opción para ti.

–Por supuesto. Sabes que adoro Roma, pero tengo un lanzamiento importante dentro de unas semanas y debo regresar a los Estados Unidos. Sin mencionar el hecho de que, cuando te recuperes, tendrás que volver al trabajo, hay una campaña publicitaria que te está esperando en Nueva York.

–No me puedo ir sin hablar antes con mi padre –alegó–. Es mi representante, y...

–Ya he hablado con él. Y está de acuerdo.

Carla odió a su padre con todas sus fuerzas, pero se abstuvo de decirlo en voz alta. No quería dar más munición a Javier.

–Dime una cosa... ¿Te muestras tan interesado con todas las personas que trabajan para ti? –preguntó con sarcasmo.

–No, querida. Reservo mi interés para las princesas de hielo que se creen por encima del resto de los mortales.

–Yo no soy una...

–Ahórrate las mentiras –la interrumpió–. Tengo experiencia contigo. Me diste una lección que no voy a olvidar.

Carla se sintió terriblemente culpable.

–Eso es agua pasada, Javier. Han pasado tres años desde entonces –acertó a decir–. Y, aunque no me creas, te aseguro que...

–No sigas hurgando en la herida. No saldrías bien parada –dijo él–. Nuestro contrato te obliga a pronunciar las frases que escribamos para ti y a representar nuestros productos como si fueran lo más importante de tu vida. Y eso es lo que vas a hacer cuando te recuperes. Entretanto, deja de fingir que eres tan buena y perfecta como la gente cree. Por lo menos, cuando estemos solos. Lo encuentro degradante y embarazoso.

Las palabras de Javier la molestaron tanto que perdió los estribos.

–¿Qué diablos te pasa? ¿Es que tu orgullo herido te impide olvidar lo que pasó entre nosotros? Y, por favor, no me digas que solo has venido a proteger tus inversiones. Tienes más de mil empleados, además de un equipo jurídico completo. No necesitabas venir a Roma para...

–¿Para qué, Carla? –replicó él, en tono desafiante.

–Para hacer sufrir a la mujer que cometió el delito de no caer rendida ante el soberbio y maravilloso Javier Santino.

–Pues yo diría que caíste bastante rendida –ironizó–. De hecho, fue un encuentro de lo más satisfactorio.

Carla se ruborizó, pero no se dejó amedrentar.

–Si fue tan satisfactorio, ¿por qué me odias?

–¿Quién ha dicho que te odie? El odio es una emoción inútil, y yo no pierdo el tiempo con emociones inútiles –dijo Javier–. En cambio, el amor propio me interesa mucho. Sobre todo cuando su ausencia puede dañar mi reputación.

Ella frunció el ceño.

–¿De qué estás hablando?

–Puede que engañes a la opinión pública, pero yo no soy tan estúpido. Persigues a un hombre que no te desea y que, para empeorar las cosas, está comprometido con otra mujer –contestó él–. He venido porque quiero asegurarme de que comprendes la situación. Deja en paz a Draco. Si llegara a saberse, el escándalo tendría consecuencias imprevisibles.

–¿A Draco? Yo no persigo a Draco. No tengo el menor interés en...

–Oh, vamos... Vi las fotografías que publicó la prensa hace unas semanas. Las de la gala benéfica que organizó tu padre –le recordó–. ¿Me vas a decir que no te arrojaste a sus brazos?

–No es lo que parece, Javier.

Carla fue sincera. Draco era el hermano de su mejor amiga, Maria Angelis; y, en cierto sentido, también era el hermano que ella no había tenido nunca. Desde luego, su padre había intentado que se casara con él, pero eso no cambiaba nada. Mantenían una relación estrictamente fraternal.

Sin embargo, la acusación de Javier no carecía de fundamento. Carla estaba tan alterada por las cosas que le habían pasado que, durante aquella fiesta, se dejó llevar y se mostró excesivamente afectuosa con él. Por suerte, Draco comprendió que solo necesitaba un poco de cariño. Y también lo comprendió su prometida, Rebel Daniels.

—Es curioso, cuando se trata de ti, las cosas nunca son lo que parecen –dijo Javier.

—Piensa lo que quieras. No te voy a dar explicaciones sobre mi vida personal –replicó–. Pero, si ya has dicho todo lo que tenías que decir, preferiría que te fueras.

—Me iré cuando me prometas que volverás a Nueva York conmigo.

—Cualquiera diría que tengo elección. Y no la tengo, ¿verdad? Esto forma parte de tu venganza –afirmó ella.

—Puede que sí. Pero estoy dispuesto a retrasarla si me das lo que quiero.

Carla suspiró, cerró los ojos y dijo:

—Está bien, tú ganas. Iré a Nueva York contigo. Y ahora, por favor, déjame en paz.

Javier no salió de la habitación. Se quedó mirando la delicada curva de sus pestañas, que temblaron levemente cuando cerró los ojos.

Carla estaba muy pálida, y él se sintió culpable por haberla molestado cuando necesitaba descansar. Pero desestimó rápidamente el sentimiento. Había llegado a la conclusión de que su apariencia frágil era el traicionero disfraz de un corazón frío, una simple estrategia para abrirse paso en el edulcorado mundo del patinaje artístico.

Sin embargo, él había visto su parte más inocente: la de la joven que le había ofrecido su virginidad. Y, aunque Javier prefería a mujeres con experiencia, Carla Nardozzi lo había cautivado desde el principio.

Se habían conocido en su casa de Miami, durante una de las fiestas que dio para celebrar su éxito en los negocios. Aún no había cumplido los treinta años, pero acababa de entrar en la lista de los hombres más ricos del mundo. Y entonces, apareció ella.

¿Cómo lo iba a olvidar? Había perdido la cabeza por aquella mujer. Había permitido que la pasión le nublara el juicio y destruyera su sentido común, sin darse cuenta de que le iban a partir el corazón.

Pero no iba a tropezar dos veces en la misma piedra.

Tras unos minutos de silencio, comprendió que Carla no estaba fingiendo; se había quedado dormida de verdad. Y ya se disponía a marcharse cuando tuvo una sensación extraña, que ya había tenido antes.

Se sentó en el sofá de la esquina y se dedicó a mirarla. Era una mujer magnífica, tan ambiciosa como infatigable y disciplinada. No se había convertido en una estrella del patinaje por casualidad. Doblegaba a sus competidores gracias a un carácter que, de repente, brillaba por su ausencia.

¿Qué estaba pasando allí? Bajo su actitud aparentemente desafiante, se ocultaba una apatía impropia de ella, como si solo fuera una sombra de lo que había sido. Parecía resignada, casi derrotada. De hecho, ya se lo había parecido durante la firma del contrato, antes de que supiera que le había tendido una trampa.

Era obvio que tenía algún tipo de problema.

Dos horas más tarde, Javier seguía en el mismo sillón. Carla Nardozzi se había convertido en un enigma, y él no soportaba los enigmas. Necesitaba saber, entender.

Mientras la observaba, se preguntó por qué le gustaba tanto. No era su tipo de mujer; no era ni voluptuosa ni particularmente jovial. Pero había algo en ella que lo atraía desde el principio. Algo en sus ojos verdes y su cabello castaño. Algo en aquella piel que estaba pidiendo a gritos que la acariciaran.

Carla tenía una combinación única de pasión y belleza etérea. Y, a pesar de lo que había ocurrido entre ellos, Javier se excitó sin poder evitarlo cuando se fijó en el movimiento de sus pechos, que subían y bajaban al ritmo de su respiración.

Molesto, se preguntó qué diablos estaba haciendo. Carla no era una mujer cualquiera: era la mujer que lo había tratado como un objeto y lo había rechazado.

Sacudió la cabeza y se dijo que, fuera cual fuera su problema, no la iba a perdonar. Si no había tolerado el desprecio de su propio padre, que no quería saber nada de su hijo bastardo, tampoco toleraría el de Carla Nardozzi.

Tenía que pagar. Por todos sus desaires.

Capítulo 3

CARLA notó la presencia de Javier antes de abrir los ojos. Era tan intensa y opresiva que la habría sentido en cualquier circunstancia.

Por suerte, ya no tenía jaqueca; y, aunque le dolía la muñeca, se sentía bastante mejor. Así que se giró hacia el hombre que estaba sentado en el sillón de la esquina y lo miró.

Se había quedado dormido.

A Carla le pareció casi sorprendente que un semidiós como él necesitara descansar como el resto de los mortales, pero se quedó aún más asombrada con su aspecto. Tenía las piernas estiradas y los brazos separados, lo cual permitió que echara un buen vistazo a su cuerpo de atleta, donde la estrechez de sus caderas se contraponía abiertamente a la anchura de su pecho y de sus hombros.

Tras disfrutar un momento del magnífico paisaje, Carla clavó la vista en su rostro. Siempre había sido un hombre extraordinariamente guapo, y no lo era menos por el hecho de que estuviera dormido.

Al ver sus labios, se acordó de sus besos y de lo que ella le había pedido que hiciera durante aquella noche salvaje de Miami. Javier se lo concedió, pero no se limitó a satisfacer todos y cada uno de sus deseos; fue mucho más allá, y con tal grado de apasionamiento y habilidad que, a la mañana siguiente, cuando Carla abrió los ojos y se acordó de lo sucedido, tuvo un acceso de pánico.

Se había acostado con él a sabiendas de que tenía fama de mujeriego y de que no buscaba el amor, sino divertirse un poco. Y le había parecido bien, porque ella quería lo mismo. ¿Quién iba a imaginarse que su experiencia nocturna se convertiría en una especie de revelación? No había sido una simple aventura. Había sido mucho más que eso. Y Carla se asustó de sus propios sentimientos.

—Me miras con tanta intensidad que casi he olvidado las miradas de horror que me lanzas de cuando en cuando.

Carla se sobresaltó al oír la voz de Javier.

—No son de horror –dijo–. O, por lo menos, no son por ti.

Él arqueó una ceja.

—¿Crees que eso va a hacer que me sienta mejor? Soy consciente de que detestas la idea de haber perdido la virginidad con un tipo como yo.

—Dios mío... ¿No vas a olvidar nunca lo que dije aquella mañana?

—¿Cómo lo voy a olvidar? Dijiste que yo era el peor error que habías cometido en tu vida. Y, por tu comportamiento posterior, es evidente que estabas siendo sincera –declaró él–. Ahora dices que tu espanto no se debe a mí, pero solo lo dices porque te conviene.

—¿Porque me conviene? –preguntó, extrañada.

—Angelis se va a casar con otra mujer. Ha elegido, y no te ha elegido a ti. Es lógico que derives tu rabia hacia él, porque no quieres que el mundo sepa que te ha despreciado.

–Yo no estoy enamorada de Draco.

–Entonces, ¿por qué lo besaste durante aquella gala?

–Si te dijera que fue un error, ¿me creerías?

Javier se levantó.

–No. Sigues obsesionada con él, y estás decidida a seguir adelante aunque se haya comprometido con otra mujer. Es tu carácter, ¿verdad? Necesitas salirte con la tuya en cualquier caso y sin pensar en las consecuencias.

–Eso no es cierto. Yo no haría algo tan despreciable.

–¿Ah, no? Pues es curioso, porque lo hiciste conmigo.

Ella sacudió la cabeza.

–Piensa lo que quieras, Javier –dijo–. Pero ¿qué haces aquí todavía? Ya te he dicho que iré a Nueva York. Y no me voy a fugar.

Javier se metió las manos en los bolsillos y se encogió de hombros.

–Me he quedado porque te has dormido antes de que te pudiera pedir otra cosa.

–¿Cuál?

–Que, a partir de ahora, te mantengas alejada de Angelis.

Carla lo miró con desconcierto.

–Draco es mi agente. No lo puedo rehuir –alegó.

–Puedes y debes. Además, Angelis tiene muchos trabajadores a su cargo, y no pasa nada porque delegue en cualquiera de ellos. De todas formas, lo llamaré por teléfono y hablaré con él para aclarar la situación.

–¿Y también vas a prohibir que sea mi entrenador,

como me propuso? –preguntó ella, incapaz de creer lo que estaba oyendo–. Si no te conociera, pensaría que estás celoso. Y los celos no te sientan bien.

Él soltó una carcajada.

–No te engañes a ti misma, Carla. Puede que los escándalos sirvan para vender periódicos, pero mi empresa se ha visto libre de escándalos hasta ahora y quiero que las cosas sigan así –le advirtió–. En cuanto al puesto de entrenador, Angelis y yo estamos de acuerdo en que es mejor que contrates a otra persona.

–¿Has estado hablando con Draco a mis espaldas?

–He intentado minimizar el impacto de lo ocurrido –puntualizó él.

Súbitamente, Carla se sentó en la cama y puso los pies en el suelo.

–¿Qué estás haciendo? No te puedes levantar.

–¿Y qué quieres que haga? Necesito ir al cuarto de baño. ¿O es que también me lo vas a prohibir?

–No seas ridícula.

Carla se levantó y cargó todo el peso en el pie izquierdo, sin acordarse de que se había hecho un esguince. El resultado fue inevitable: perdió el equilibrio y se cayó al suelo. Un segundo después, se encontró en brazos de Javier.

–¿Qué haces? ¡Suéltame! –protestó.

–No. No estás en condiciones de caminar.

Javier la llevó hacia el cuarto de baño y, cuando ella bajó la cabeza para ocultar su rubor, fue tan dolorosa y sensualmente consciente de su masculino aroma que casi se quedó sin aliento.

Por suerte para ella, llegaron enseguida.

–Ya me puedes soltar –dijo.

Él asintió, pero frunciendo el ceño.

—¿Seguro que estarás bien? Puedo llamar a una enfermera.

—No es necesario. Estaré bien.

—De acuerdo, pero no cierres la puerta.

—No soy una figurita de porcelana, Javier —declaró, ofendida—. Me he caído muchas veces a lo largo de mi carrera.

—Eso no me tranquiliza —replicó él.

—¿Necesitas que te tranquilice? Pensaba que solo querías obediencia —dijo Carla con sorna.

Javier entrecerró los ojos.

—Las normas de nuestra relación las pusiste tú, no yo. No te quejes ahora de que las siga.

Carla todavía estaba desconcertada por el comentario, que le había parecido de lo más críptico, cuando él salió del cuarto de baño y cerró la puerta.

Era consciente de que se había portado mal con Javier, y de que, hasta cierto punto, se merecía su enemistad. Pero le extrañaba que se mostrara tan dolido. ¿Cómo era posible que le hubiera molestado tanto? Se había acostado con algunas de las mujeres más bellas del mundo. ¿Por qué daba tanta importancia a una aventura de una sola noche?

Su perplejidad se transformó en horror al cabo de unos instantes, al mirarse en el espejo. Tenía unas ojeras terribles, y su pelo estaba completamente enmarañado.

Carla pensó que, si su padre la hubiera visto en esas condiciones, habría sufrido una crisis nerviosa. Olivio siempre exigía que estuviera perfecta, y ella obedecía por dos motivos que no podían ser más distintos: el miedo a discutir con él y su propia necesidad de interpretar el papel de princesa y mostrarse superficialmente inmaculada para no tener que pensar en sus dudas y defectos.

–¿Carla?

La voz de Javier, que llamó a la puerta con nerviosismo, la sacó de sus pensamientos. Rápidamente, se pasó los dedos por el pelo y respiró hondo.

Ya pensaría después en la problemática relación que mantenía con su padre. En esos momentos tenía un problema más urgente y no menos difícil de resolver: enfrentarse al hombre que se quería vengar de ella por una noche de amor.

El médico volvió por la tarde y, en cuanto dio el alta a su angustiada paciente, Javier se puso en acción.

–Hablé con tu padre y le pedí que te trajera algunas cosas –le informó–. Dormiremos en mi hotel y tomaremos un avión mañana por la mañana.

Ella se pasó una mano por el vestido de color naranja oscuro que había encontrado en el armario del hospital, junto con unos zapatos a juego. Afortunadamente, la enfermera había tenido la amabilidad de ayudarla a ducharse y vestirse. Y se alegró de haberse arreglado cuando salieron del hospital y se encontró ante una multitud de seguidores que rompieron a aplaudir.

Momentos después, vio el periódico que llevaba uno de ellos y se fijó en la portada.

–Oh, había olvidado que la fiscalía ha presentado cargos contra Tyson Blackwell. ¿Tendré que declarar en comisaría?

–Ya nos encargaremos de eso cuando te encuentres mejor –dijo Javier–. De todas formas, he hablado con la policía y me han insinuado que no necesitan tu testimonio.

–¿Que no lo necesitan? ¿Cómo es posible?

–Angelis le pidió a uno de los trabajadores de tu padre que te vigilara. Grabó toda la escena en vídeo, y no hay duda alguna de que Blackwell te presionó para que hicieras ese salto tan peligroso –respondió–. Pero ¿por qué le obedeciste? Sinceramente, no lo entiendo.

Carla suspiró.

–Tenía demasiadas cosas en la cabeza, y no pensaba con claridad. Además, había hecho ese salto mil veces y nunca me había pasado nada. Supongo que perdí la concentración.

–¿Por qué? ¿Porque estabas pensando en Angelis? ¿O porque estabas pensando en todo el dinero que has perdido por culpa de tu padre?

Carla lo miró con sorpresa.

–¿Cómo sabes eso?

–Olivio me estuvo presionando para que te ofreciera ese contrato, y cada vez me pedía una cifra más alta. No pensaras que te lo iba a ofrecer sin investigar antes.

–Entonces, lo sabes.

–Querida mía, yo lo sé todo –afirmó–. Y ahora estás en la palma de mi mano. Si quisiera acabar contigo, solo tendría que cerrarla.

Carla guardó silencio.

–¿Has oído lo que he dicho? –continuó Javier.

–Sí, perfectamente. Has dicho que me puedes hundir cuando quieras y que puedes hacer conmigo lo que quieras –respondió–. Y reconozco que es verdad. Pero no esperes que te haga una reverencia. Ya no me quedan fuerzas ni para eso.

Javier la miró con intensidad.

–¿Qué te pasa, Carla? Y no me refiero a tu estado físico. Te comportas con una apatía impropia de una atleta de tu calibre. No habrías llegado a ser la número uno si te hundieras ante cualquier obstáculo.

Carla se rio.

–Vaya... ¿También estoy obligada a mostrarme entusiasta?

–No, pero representas la imagen pública de mi empresa, y tu resignación actual es contraria a nuestros intereses.

–No te preocupes por eso. Practicaré la mejor de mis sonrisas antes de posar ante las cámaras –dijo con ironía–. ¿Te parece suficiente?

–No estoy bromeando, Carla.

–Lo sé.

Javier no pareció convencido, pero dejó de presionarla y la llevó al hotel, un establecimiento de cinco estrellas que se encontraba en el centro de Roma. Carla había estado varias veces en él porque cuidaban escrupulosamente la intimidad de sus clientes, por muy famosos que fueran; y soltó un suspiro de alivio cuando los hicieron pasar por una entrada discreta y los acompañaron a la suite de la última planta.

Su padre estaba esperando en el lujoso salón, rodeado de maletas que ella reconoció al instante. Al verlo, Javier dijo:

–Tengo que hacer unas cuantas llamadas, así que os dejaré a solas. La cena se sirve a las ocho, Carla. Te recomiendo que descanses un poco.

Javier ya se había ido cuando Olivio Nardozzi dejó el whisky que se estaba tomando y se acercó a ella.

–*Mia figlia*, me alegra verte en pie. Quería estar en el hospital cuando te dieran el alta, pero me dijeron que no era necesario. ¿Cómo te encuentras?

Olivio le dio dos besos, que ella no le devolvió.

–Bien –dijo.

–Espero que la estancia en el hospital te haya aclarado las ideas.

A Carla se le hizo un nudo en la garganta.

–Si por aclararme las ideas entiendes que renuncie a ser libre, me temo que te vas a llevar una decepción. Sigo pensando lo mismo que te dije aquel día, durante la gala. Voy a dejar temporalmente el patinaje artístico. Y no, no sé hasta cuándo –añadió–. Te lo diré cuando lo sepa.

–¿Se lo has dicho a Santino? Sospecho que no, porque esa decisión implica una violación de vuestro contrato, y ya te habría llevado a los tribunales.

Ella se mordió el labio inferior. A decir verdad, el contrato con J. Santino Inc. no descartaba implícitamente la posibilidad de que dejara temporalmente el patinaje, pero era obvio que Javier haría cualquier cosa por impedírselo.

–Los acuerdos se pueden renegociar –afirmó Carla–. Se lo diré cuando me parezca oportuno. Pero te agradecería que te mantengas al margen.

Su padre la miró con dureza.

–Te recuerdo que no habrías llegado a ser lo que eres si yo me hubiera mantenido al margen –dijo–. Estás en deuda conmigo.

–¿Ah, sí? ¿Por qué? ¿Por obligarme a entrenar día

y noche en busca de la maldita perfección? ¿Por asegurarte de que no tuviera más vida que el patinaje?

—¿Cómo puedes decir eso? ¡He conseguido que tu nombre esté en los libros de historia! —bramó él.

—Sí, mediante el miedo y la intimidación. Cada vez que me rebelaba, me amenazabas con abandonarme como...

—¡Venga, dilo! —la interrumpió—. ¿Como tu madre, quizá?

—Sí, exactamente, como mi madre. Y los dos sabemos por qué se fue.

Olivio se pasó una mano por el pelo.

—No cometeré el infantil error de regodearme en el pasado, como haces tú. Tu madre ya no está. Y deshonras su memoria al sacarla a colación de esa manera.

—¿Que yo deshonro su memoria? Mira quién fue a hablar. Cuando murió, lo guardaste en secreto. No me lo dijiste hasta el día del entierro.

—Porque tenías que competir —le recordó—. No quería que perdieras la concentración.

Carla sacudió la cabeza.

—¿Cómo puedes ser tan insensible, papá?

Él frunció el ceño.

—Carla, no sé qué te ha pasado últimamente, pero será mejor que aproveches el viaje a Nueva York para replantearte las cosas. El acuerdo con Santino es una gran oportunidad. Reconozco que, al principio, me disgustaba la idea de que pagara en función de tu rendimiento; pero he cambiado de opinión. Si no lo estropeas, nos ayudará a pagar la deuda con los bancos y a salir adelante.

—Ya no estás hablando con una niña —dijo ella—.

Soy una mujer adulta, y haré lo que estime conveniente. Además, no puedes hacer nada al respecto. He perdido el miedo a que me abandones.

—¡Oh, por Dios! —protestó él—. Te estás comportando con una cobardía impropia de ti. Pero sé que, al final, entrarás en razón. Eres la número uno y seguirás siendo la número uno.

—¿O qué? ¿Qué harás si no entro en razón? ¿Llevarme a un convento, como hiciste cuando yo tenía diez años, y amenazarme con dejarme allí?

—No, por supuesto que no. Pero firmaste un contrato conmigo y, si no recuerdo mal, soy tu director técnico hasta dentro de un par de años. No te librarás de mí con facilidad. Si me obligas, te denunciaré.

Ella lo miró con asombro.

—¿Denunciarías a tu propia hija?

—A una hija, que hasta hace un mes, no habría hecho semejantes estupideces. No sé qué pasó en esa gala, pero...

—No finjas, papá. Lo sabes de sobra. Descubrí que habías intentado sobornar a la prometida de Draco para que lo abandonara y él se casara conmigo. ¿Sabes cómo me sentí cuando Maria me lo contó?

—Me limité a defender tus intereses. Casarte con él era lo mejor que te podía pasar.

Ella apretó los puños.

—¡No estamos en la Edad Media! —exclamó, enfadada—. Mi vida es mía, y haré con ella lo que me plazca.

—Te equivocas. Si crees que me voy a cruzar de brazos mientras tú...

—Siento interrumpir —se oyó la voz de Javier—, pero será mejor que Carla descanse un poco.

Carla se sobresaltó. El simple hecho de que hubiera entrado sin que Olivio ni ella se dieran cuenta demostraba su carácter felino, de gran depredador. Y, por su forma de mirarla, supo que había oído más de lo que necesitaba oír.

—Por favor, mantente al margen —dijo ella.

Javier hizo caso omiso y añadió, dirigiéndose a Olivio:

—No quiero meterme donde no me llaman, pero puede que este no sea el momento más adecuado para airear vuestros trapos sucios.

Olivio asintió.

—Sí, tienes razón. No es el momento oportuno. Hablaremos en Nueva York, Carla. Pasaré a verte cuando te hayas recuperado.

Olivio le estrechó la mano a Javier y se marchó. Todo había sido tan brusco y rápido que Carla se quedó plantada como una tonta, sin saber qué hacer.

—¿Te vas a quedar ahí todo el día? —se burló él.

—En absoluto. Implicaría estar contigo, y prefiero ahorrarme esa tortura.

—Ten cuidado con lo que dices, *principessa*. Llevo bien los insultos, pero estás llegando al límite de mi paciencia.

—No hace falta que interpretes el papel de hombre tolerante —ironizó—. Es una pérdida de tiempo y de energías, porque sé lo que sientes por mí.

—Tú no sabes lo que siento.

—Está bien, como tú quieras. ¿Dónde está mi habitación? Me gustaría cambiarme de ropa.

Javier la acompañó a una habitación preciosa, desde cuyo balcón se veía casi todo el centro de Roma. Pero, por bellas que fueran las vistas, Carla solo tuvo ojos para la enorme cama que se alzaba sobre una tarima.

Muy a su pesar, se acordó de una cama diferente y de un momento radicalmente distinto. Y, muy a su pesar, se ruborizó.

—Si necesitas algo, pulsa el botón que está junto a la cama. El servicio de habitaciones incluye un mayordomo, que vendrá al instante.

—Gracias.

Javier la miró de arriba abajo con una intensidad que la puso nerviosa. Carla estuvo a punto de rogarle que se marchara y la dejara en paz, pero no fue capaz de pronunciar las palabras. Se sentía demasiado atraída por él. Le gustaba demasiado. Y ya estaba dispuesta a rendirse a lo inevitable cuando Javier cambió de actitud y se dirigió a la salida.

—Espera —dijo Carla.

Javier se detuvo.

—¿Qué quieres?

—Me gustaría no tener que pedírtelo, pero...

—¿Sí?

Carla carraspeó.

—Es la cremallera del vestido... no llego a ella, y no me la puedo bajar sin ayuda.

—¿Y me lo pides a mí? No puedo bajarte la cremallera sin tocarte, y has dejado bien claro que detestas mi contacto.

Ella alzó la barbilla, orgullosa.

—Está bien. Llamaré al mayordomo.

Carla intentó llamar, pero él la interceptó y la tomó entre sus brazos.

—Si das un paso más, te arrepentirás amargamente —dijo.

–Oh, ahórrate las amenazas –replicó–. No te servirán de nada.

Él sonrió.

–Me alegra observar que has recuperado parte de tu carácter. Puede que mi inversión no esté en peligro. Vamos, date la vuelta.

Carla tragó saliva y se dio la vuelta, sintiéndose súbitamente abrumada. Casi no podía respirar. El ambiente se había cargado de tensión, y se cargó un poco más cuando él se inclinó y le bajó poco a poco la cremallera.

–Ya está –dijo con voz ronca.

Javier se fue antes de que ella tuviera ocasión de recuperar el aliento. Se tuvo que sentar en la cama, donde estuvo un par de minutos sin hacer otra cosa que intentar tranquilizarse. Luego, se quitó los zapatos y el vestido, apartó la colcha y se metió en la cama.

Siempre había estado atrapada entre la espada y la pared. Primero, durante muchos años, por culpa de su padre. Y en esos momentos, por sus propios sentimientos.

Se le llenaron los ojos de lágrimas, pero sacó fuerzas de flaqueza y mantuvo el aplomo. Ya había llorado demasiado. Tenía que afrontar sus problemas y solucionarlos. Empezando por la relación con su padre y por la duda que la torturaba todo el tiempo: qué le había pasado a su madre.

Capítulo 4

CARLA se despertó al oír que llamaban a la puerta. Momentáneamente desorientada, se incorporó de golpe y apoyó las manos en la cama, sin acordarse de que se había roto la muñeca. El dolor fue tan intenso que estuvo a punto de gritar.

Ya se disponía a abrir cuando Javier volvió a llamar y entró en la habitación. Se había quitado la chaqueta y llevaba la camisa remangada, lo cual permitió que ella admirara su piel morena y sus maravillosos músculos.

–Pasa, por favor. No esperes a que te abra.

–He llamado varias veces, pero no has contestado –se defendió él.

Carla se pasó las manos por el pelo y echó un vistazo al reloj. Había dormido una hora entera, más de lo que tenía previsto.

–¿Has estado llorando? –continuó Javier, frunciendo el ceño.

–Eso no es asunto tuyo.

–Contéstame.

Ella se encogió de hombros.

–No tengo ni idea.

Javier se acercó y le puso una mano debajo de la barbilla.

–Dime la verdad –insistió.

—Ya te la he dicho. Creo que dejé de llorar cuando tenía diez años. Aunque siempre hay excepciones.

—¿Y a qué se ha debido la excepción de hoy? ¿Ha sido por tu padre?

Carla suspiró y apartó la cabeza.

—¿Qué estás haciendo aquí, Javier? ¿Quieres algo en particular? ¿O solo has venido a molestarme un poco?

En lugar de contestar, Javier alcanzó una bata de seda y se la dio.

—La cena se servirá dentro de veinte minutos —le informó—. Pero no te preocupes por la etiqueta, si vas a volver después a tu habitación, no es necesario que te vistas.

Ella lo miró con sorpresa.

—¿De qué te extrañas? Solo quiero que te recuperes tan pronto como sea posible —prosiguió él—. De lo contrario, no podrás hacer frente a tus compromisos.

—Ah, ya decía yo. No te importa mi bienestar, sino el maldito trabajo.

—Nunca he dicho lo contrario. Pero eso no significa que quiera abusar de una mujer que acaba de sufrir un accidente —dijo—. ¿Necesitas que te ayude?

—No, gracias.

Javier se fue tan deprisa como había llegado, y Carla miró la bata que le acababa de dar. No la había visto en su vida. Era un kimono de alegres colores, que aún llevaba la etiqueta de la boutique del hotel.

Al ver el precio, pensó que su antiguo amante se estaba tomando muchas molestias con ella. Incluso había tenido el detalle de comprar una prenda de mangas anchas, para que no le rozara la muñeca.

Momentos después, salió de la habitación y siguió

el intenso y apetecible aroma de un plato de pasta hasta llegar a la terraza, donde habían instalado una mesa. Por el camino, su estómago gruñó y ella se acordó de que no había tomado ninguna comida decente desde que la habían ingresado.

–Ah, ya estás aquí.

Javier le sirvió una copa de vino, y se dedicó a observarla mientras Carla se sentaba y bebía.

–Has perdido peso –dijo.

–Cosas que pasan cuando estás en un hospital.

–Ya estabas demasiado delgada cuando te vi en Nueva York el mes pasado. Y ahora estás mucho peor.

–¿Piensas seguir insultándome?

–No pretendía insultarte. Me limito a constatar un hecho.

–¿Y qué tiene de particular? Te recuerdo que soy una deportista –dijo ella–. Tengo que mantener la línea.

–No me vengas con esas, Carla. Conozco tu cuerpo. Puede que hayan pasado tres años desde aquella noche, pero conozco cada centímetro de tu piel. Tienes muchas menos curvas que entonces. Y no me gusta.

Carla se estremeció.

–Javier...

–No sé lo que te ha pasado, pero será mejor que reacciones. Nadie se merece que te hagas eso a ti misma.

–Las cosas no son tan fáciles. ¿Crees que todo se arregla con un simple chasquido de dedos?

–No, pero creo que siempre podemos elegir entre afrontar los problemas y huir de ellos –respondió.

–No es mala filosofía. Espero que te haya sido de utilidad –dijo Carla con sarcasmo.

—Bueno, la prensa afirma que soy una combinación perfecta de éxito personal y profesional. Incluso dicen que soy la envidia de todos los hombres... ¿y quién soy yo para llevarles la contraria?

—Veo que no se te ha subido nada a la cabeza.

Él sonrió.

—Busco la perfección, Carla. Y, ahora mismo, tú estás muy por debajo de lo que busco. Lo sabes tan bien como yo. Pero es hora de que las cosas cambien.

—¿Ah, sí? ¿Cómo?

—Para empezar, con una buena comida.

Carla se quedó atónita cuando, súbitamente, él alcanzó la pasta, le sirvió un plato y añadió un poco de salsa y una cucharadita de queso parmesano.

Era obvio que la estaba desafiando. Y ella se quiso resistir. Sin embargo, estaba tan hambrienta que se rindió a la tentación, y hasta probó el pan de ajo que les habían servido como acompañamiento.

Mientras comía, miró a Javier y dijo:

—No estoy acostumbrada a tener tanto tiempo libre. Me volveré loca si tengo que descansar dos semanas enteras.

—Lo sé, pero se me ha ocurrido algo que tal vez contribuya a tu tranquilidad espiritual. El médico ha dicho que no puedes hacer ejercicio, pero no ha dicho que no puedas hacer otras cosas; por ejemplo, familiarizarte con la gama de productos que vas a representar.

Ella arqueó una ceja.

—¿Puedo verlos antes de hacer los anuncios? El contrato no lo especificaba.

Él se encogió de hombros.

—Por motivos de seguridad, pero creo que ya te lo

puedo decir. El primer producto es la nueva gama de lanchas de carreras de JSI –le informó–. Se presentará dentro de dos meses, justo antes del verano.

Carla tomó un trozo de pan y lo mojó en la salsa.

–¿Lanchas? Yo no sé nada de lanchas.

–Eso carece de importancia. Confío plenamente en tus habilidades. Siempre has sido una gran actriz.

El comentario de Javier enturbió lo que hasta entonces había sido una conversación más o menos agradable. Su recriminación era tan obvia que ella no la pudo pasar por alto.

–No podremos trabajar juntos si insistes en recordar el pasado cada dos por tres.

–¿Tanto te molesta?

Carla asintió.

–Por supuesto que sí. Solo fue una noche que terminó de mala manera, Javier. Admito que no me porté bien, pero...

–Ah, vaya, así que lo admites.

–No sabía lo que estaba haciendo –le confesó–. Era más joven y mucho más estúpida de lo que soy ahora. Supongo que quería rebelarme, y que...

–¿Rebelarte? ¿Contra qué?

–Contra la vida que llevaba. Quería ser una chica normal de veintiún años. Hasta esa noche, mi existencia había consistido en una serie inacabable de normas y entrenamientos. La presión era excesiva, y necesitaba un poco de diversión.

–De modo que me utilizaste y, a continuación, te libraste de mí.

–Sé que mi actitud dejó bastante que desear. Lo sé de sobra. Pero te aseguro que no me acosté contigo porque lo hubiera planeado.

Él la miró con dureza.

–¿Insinúas que te forcé?

–¡No, claro que no! Pero esa noche fue... una experiencia extraordinariamente intensa, Javier. Me dejó turbada.

Javier clavó la vista en su copa de vino y, tras unos segundos de silencio, dijo:

–Fui tan intenso porque tuve la sensación de que tú lo deseabas tanto como yo. Y no me importa admitir que la contradicción entre el deseo de tus ojos y tu supuesta ingenuidad me excitó mucho. ¿Cómo es posible que me engañara hasta ese punto? No me di cuenta de que estabas jugando conmigo.

Carla sintió vergüenza al recordarlo. Entonces tenía veintiún años, y su padre le acababa de conceder dos semanas de vacaciones para que pudiera ir a Nueva York y pasar unos días con Maria y su hermano, Draco. Fue la primera vez que entró en un club, y hasta la primera vez que tomó champán.

Se estaba divirtiendo tanto que no quiso volver a la Toscana. Y, como sabía que su padre la obligaría a regresar, se puso en contacto con su madre y le pidió que interviniera en su defensa. Luego, pensando que ella lo habría convencido, se marchó a Miami en compañía de sus amigos sin sospechar que había provocado una reacción en cadena de terribles consecuencias.

Olivio la llamó por teléfono cuando solo llevaba un rato en la fiesta de Javier Santino. Dijo que lo había decepcionado y que era una traidora. Dijo muchas cosas desagradables, y ella se quedó tan deprimida que se fue a buscar a Maria porque necesitaba hablar con alguien. Pero no la encontró.

Al cabo de unos minutos, se cruzó con Javier, quien acababa de mantener una acalorada discusión con Draco. Él tampoco estaba de buen humor y, cuando la invitó a dar un paseo, ella aceptó. Pero, a decir verdad, no necesitaba ninguna excusa para marcharse con él. Era un hombre sencillamente magnífico.

Al recordarlo, Carla pensó que lo sucedido después había sido del todo inevitable. Se pusieron a charlar, se tomaron de la mano y, tras subirse a un deportivo, se dirigieron a un local que, según él, era el mejor bar de la ciudad. Terminaron en el muelle, besándose como dos enamorados. Y luego, Javier la llevó a su casa de la playa.

—¿Estás segura de que esto es lo que quieres? —preguntó él cuando llegaron.

—Oh, sí... quiero que me des todo lo que me puedas dar. Y lo quiero enseguida.

—Si sigues diciendo esas cosas, perderé el control y te tomaré aquí mismo, antes de llegar a la cama —le advirtió.

—Pues dime lo que quieres que diga, lo que quieres oír.

—Oh, Dios mío. ¿Qué eres, Carla? ¿Una mujer tan experta que sabe volver loco a cualquier hombre? ¿O una...?

—¿Qué?

—Una criatura increíblemente sexual que no es consciente de su propio poder.

—Yo... —empezó ella, insegura—. No soy ninguna de las dos cosas. Es que... es la primera vez que hago esto.

—¿Insinúas que nunca te has acostado con nadie?

—Eso me temo. Soy virgen.

—¿En serio?

—Sí, lo soy. Y me gustaría que tú fueras mi primer amante —dijo—. No me rechaces, por favor.

—¿Rechazarte? ¿Tienes idea de lo que me has hecho sentir?

—No.

—Pues déjame que te lo demuestre.

Javier cerró la puerta, la apretó contra la pared del vestíbulo y la besó hasta dejarla sin aliento mientras le quitaba la ropa. Su vestido plateado fue lo primero en caer. Y, a continuación, su blanco sujetador y sus braguitas a juego.

—¿Lo sientes? —preguntó él, apretándose contra ella—. ¿Notas lo mucho que te deseo?

Ella, que ya había notado su erección, dijo:

—Sí.

—Eres una seductora nata, Carla Nardozzi. Pero te voy a enseñar muchas cosas que desconoces.

Javier no esperó más. Retomó su placentero asalto y, tras unos minutos de besos y caricias, se arrodilló ante ella, le separó las piernas y empezó a lamer. Carla estaba tan excitada para entonces que el contacto de su lengua la arrastró a un orgasmo tan rápido como asombrosamente intenso. Y aún sentía su eco cuando él la tomó en brazos y la llevó a la enorme cama del dormitorio principal.

—No puedo esperar más, tesoro mío —dijo—. Necesito tomarte.

—Sí, por favor...

Él se quitó la ropa, se puso entre sus piernas y la penetró con una acometida fuerte y profunda que arrancó un grito a Carla.

–Lo siento, querida mía –se disculpó–. No lo he podido evitar.

–No hay nada que sentir.

Javier besó nuevamente sus labios y se empezó a mover poco a poco, con suma delicadeza. Carla pensó que le había dicho la verdad al afirmar que le iba a enseñar muchas cosas que desconocía. Jamás se habría imaginado que se pudiera sentir tanto placer, ni tantas veces. Y, cuando se despertó a la mañana siguiente y miró al hombre que le había regalado la mejor noche de su vida, se asustó.

–Buenos días, cariño –dijo él.

Carla estaba tan aterrorizada que se levantó de la cama al instante.

–Me tengo que ir.

–¿Tan pronto? ¿Qué prisa tienes? Es domingo. Podemos desayunar tranquilamente y pasar el día donde quieras. Aunque, por mi parte, preferiría quedarme en la cama.

–¡No! –exclamó–. Lo que pasó anoche... no volverá a pasar.

Él la miró con asombro. Carla salió de la habitación y se dirigió al vestíbulo, donde ya se estaba vistiendo cuando Javier apareció.

–¿Qué pasa? –quiso saber.

Ella se encogió de hombros.

–Que Draco se estará preguntando por mi paradero. Tengo que volver a su casa.

–Llámale por teléfono y dile que estás conmigo.

–No. Prefiero marcharme.

–¿Es que te arrepientes de lo que hemos hecho?

Carla no se arrepentía en absoluto. Pero, en lugar de decirle la verdad, contestó:

–Sí, ha sido un error. Un error que preferiría no haber cometido.

Javier se quedó pálido y, tras agarrarla del brazo, dijo:

–¿Qué significa eso?

–Suéltame, por favor.

–¿Qué has querido decir? ¿Es que te he hecho daño?

–No, no me has hecho daño.

–¿Entonces?

Ella guardó silencio, y él llegó a la única conclusión que parecía explicar su actitud.

–Me has utilizado. Solo te has acostado conmigo para perder la virginidad.

–¿Cómo?

–Es eso, ¿verdad? Angelis no quiere estar con una mujer sin experiencia, así que tomaste la decisión de solventar el problema y volver con él.

Carla estuvo a punto de negarlo, pero cambió de opinión. Javier le había dado una excusa perfecta para no tener que dar explicaciones.

–Sí, has acertado. Y ahora, si no te importa, me voy.

Ella se puso los zapatos tan deprisa como pudo y abrió la puerta.

–¿Carla?

–¿Sí?

–Cruza los dedos para que no nos volvamos a encontrar –dijo Javier con rabia–. Porque, si te vuelvo a ver, convertiré tu vida en una pesadilla.

–¿Mereció la pena?

Carla aún estaba pensando en lo que había ocurrido aquella noche cuando la voz de Javier la devolvió al presente.

–¿A qué te refieres?

–A lo de acostarte conmigo para dar celos a Draco y que se fijara en ti.

Ella apretó los dientes.

–¿Cuántas veces quieres que te lo diga? Te mentí. Draco no tuvo nada que ver con lo que pasó entre nosotros. Llegaste a una conclusión equivocada, y yo la aproveché porque era la excusa perfecta.

–Discúlpame, pero tengo buena memoria. Un mes más tarde, estabas saliendo con él.

–No fue lo que tú crees –dijo ella–. Mi madre había muerto, y Draco asistió al entierro, que tuvo lugar en Inglaterra. Me llevó por ahí un par de veces, para que me distrajera un poco, pero no hubo nada más.

Él la miró con desconfianza.

–Puede que parezca un paranoico, pero eso no encaja con lo que hizo tu padre. Intentó casarte con Draco –le recordó.

–Sí, lo intentó, pero eso no significa que yo estuviera de acuerdo. Y, de todas formas, ¿por qué te interesa tanto?

–Porque a nadie le gusta que lo usen y lo tiren como si fuera un objeto.

–Por Dios, Javier... tenemos que olvidar ese asunto.

–¿Tenemos? Corrígeme si me equivoco, pero creo recordar que, hace tres años, concediste una entrevista a la prensa, y, cuando te preguntaron por mí, dijiste que yo era un mujeriego y un individuo de dudosa moral y cuestionable pedigrí. ¿Quieres que también olvide eso?

Carla tragó saliva. Siempre había sabido que se había portado mal con él, pero pensaba que Javier lo habría superado. Desgraciadamente, estaba equivocada. Le había hecho mucho más daño del que podía imaginarse. Y en esos momentos estaba a merced de su cólera.

Capítulo 5

NO SÉ de qué me estás hablando –dijo ella, súbitamente pálida–. Yo no dije nada de ningún pedigrí, y tampoco dije que fueras de dudosa moral.

–¿Ah, no? Pero, al menos, admites que me llamaste mujeriego.

–Bueno, es que había ciertos rumores sobre nosotros... y yo solo intentaba...

–¿Distanciarte de un hombre que podía estropear tu imagen de inocente princesa? –la interrumpió.

–No. Solo quería poner fin a los rumores –afirmó–. Además, supuse que no querrías que te relacionaran conmigo.

–¿Insinúas que me arrojaste a los lobos para salvarme? Qué ingeniosa eres –se burló Javier.

Ella se llevó una mano a la cabeza.

–¡Lo siento! El periodista me pilló en un mal momento, y dije lo primero que se me pasó por la cabeza. Sin embargo, nunca he puesto en duda tu moralidad, ni mucho menos tu procedencia familiar.

–Pues deberías. Es cierto que mis orígenes son cuestionables. Soy el hijo bastardo de un aristócrata. Pero eso no te daba derecho a investigar mi pasado y airearlo ante la prensa por simple y pura diversión.

–Javier, yo...

–Ahórrate las excusas, Carla. No sé cómo es posible que una mujer con tanto talento como tú, que sale bien parada de todos los desafíos profesionales, fracase tan miserablemente en todo lo demás.

Ella se sintió como si le hubieran pegado un puñetazo en el estómago. Pero hizo un esfuerzo y dijo:

–¿Qué vamos a hacer ahora? ¿En qué lugar nos deja eso?

Javier dio un trago de vino antes de contestar.

–No te preocupes, querida. Puedes estar segura de que, cuando llegue el momento, te daré la lección que te mereces.

Javier estaba furioso con Carla, y tenía buenos motivos. La revelación de su condición de hijo ilegítimo le había dado a su padre la excusa perfecta para negarle lo único que le había pedido en toda su vida, lo que le había prometido a su madre en su lecho de muerte: enterrarla en el panteón de la familia que la había rechazado por haber mantenido una relación amorosa con un hombre casado.

Incapaz de seguir sentado, se levantó. Y Carla lo imitó segundos después.

–Yo no dije nada de tu familia, Javier.

–Aunque eso sea cierto, me consta que la prensa lo supo por alguien de tu entorno más cercano. La responsabilidad es tuya en cualquier caso.

–¿Qué quieres que haga? –preguntó con desesperación–. ¿Qué puedo hacer para arreglar las cosas entre nosotros?

–Ya no hay nada que arreglar. Y vas a pagar por ello.

–Cuando a ti te parezca bien, claro.

Javier sonrió.

–Efectivamente. Por fin lo has entendido.

Javier le lanzó una mirada gélida y, a continuación, volvió al interior de la suite y se marchó. Por muy indignado que estuviera, no se sentía con fuerzas para soportar ni un segundo más la visión de aquellos labios tan ofensivamente sensuales, que en ese momento temblaban como una hoja.

Carla no volvió a ver a Javier hasta la mañana siguiente, cuando se bajó de la limusina que había pasado a recogerla y se encontró en el aeropuerto, ante la escalerilla de su avión. Había ido con su médico, quien se había presentado en el hotel para darle instrucciones sobre el proceso de rehabilitación y acompañarla.

–El señor Santino me ha asegurado que estará bien atendida –dijo el médico–. Incluso se ha tomado la molestia de contratar a una doctora que viajará con ustedes, por si la necesita durante el vuelo.

Carla sonrió, pero guardó silencio. Aún estaba pensando en la conversación de la noche anterior. Por más vueltas que le daba, solo se le ocurría una persona que tuviera motivos para filtrar a la prensa la noticia de que Javier era hijo ilegítimo: Olivio Nardozzi, que se había enfadado mucho cuando le llegaron rumores de que se había acostado con él.

–Ah, menos mal que has llegado. El piloto dice que, si no despegamos inmediatamente, nos obligarán a esperar.

Al oír la voz de Javier, Carla se colgó el bolso del hombro y empezó a subir la escalerilla. Pero él se dio cuenta de que le dolía la muñeca y preguntó:

–¿Qué ha pasado? ¿Te has dado algún golpe?

–No, es que he dormido en mala posición.

–¿Se lo has dicho al médico? ¿Te ha dado algún analgésico?

–No le he dicho nada.

Él la miró con exasperación y la llevó al interior del aparato. Luego, la sentó en uno de los sillones e hizo una seña a una mujer de mediana edad y traje impecable que se acercó al instante.

–Te presento a Selma. Forma parte del equipo médico de mi empresa. Te dará algo para aliviarte el dolor.

Javier esperó a que se tomara la pastilla y, acto seguido, intentó alejarse.

–¿Javier? –dijo Carla.

–¿Sí?

–Me gustaría hablar contigo.

–Tendremos muchas ocasiones de hablar. Pero ahora tengo trabajo que hacer, y tú tienes que descansar un poco.

Carla se quedó sola en el sillón y, al cabo de un rato, cuando el analgésico ya había hecho efecto, cerró los ojos y sucumbió al cansancio.

Se despertó varias horas después, y se llevó una sorpresa cuando Selma le informó de que ya habían aterrizado y de que Javier se había ido a su despacho. Carla pensó que se verían más tarde, pero se equivocaba. De hecho, apenas se vieron durante las dos semanas siguientes. La única presencia constante en su nueva vida era la de Selma, que se encargaba de alimentarla y medicarla entre las cuatro paredes del lujoso ático de Javier, en Upper East Side.

Un día, Carla pasó por delante del espejo del pasillo y se detuvo, sorprendida con su propia imagen. Había mejorado mucho. Ya no tenía ojeras, y su palidez había desaparecido.

–¿Qué haces? ¿Admirar tu nueva y mejorada personalidad?

Carla se sobresaltó al oír a Javier, que iba en mangas de camisa y vaqueros negros.

–Mi antigua personalidad no tenía nada de malo.

–Conozco a alguien que no estaría de acuerdo con esa afirmación.

Ella se apartó del espejo.

–¿Qué estás haciendo aquí?

Él la miró con humor.

–Si no recuerdo mal, esta es mi casa.

–No me refiero a eso. Lo digo porque es viernes. Supuse que ya te habrías ido.

–Siento decepcionarte, pero hasta yo necesito un día libre de vez en cuando.

–¿Te has tomado el día libre? –preguntó, perpleja.

–Bueno, eso depende de lo bien que te portes durante tu primer trabajo.

–¿Cómo?

–Selma me ha dicho que ya estás en condiciones de trabajar un poco, y también me ha dicho que no soportas estar de brazos cruzados. Pero si no es verdad...

–Lo es –dijo ella a toda prisa–. Iré a cambiarme.

–No hace falta. Será aquí mismo, después de desayunar. Es algo fácil, una reunión con mi director creativo.

Carla lo siguió al enorme y soleado salón del ático, donde siempre desayunaba sola. Pero, esa vez, Javier se quedó y se dedicó a disfrutar de un café mientras ella se tomaba una tostada con mantequilla y mermelada.

Al cabo de un rato, Carla lo miró a los ojos y dijo:

—¿Qué hace exactamente un director creativo?

—No te preocupes por eso. Será una reunión relativamente informal. Tengo un par de ideas sobre tu contribución a la campaña, y quiero discutirlas con él.

—Ah... ¿No tendré que rodar en una lancha?

—No, hemos dejado el rodaje para más tarde. No puedes salir en una campaña publicitaria con una escayola en la muñeca.

—Entonces, ¿de qué se trata?

—De mi nueva gama de tequila, que presentamos dentro de seis semanas.

—¿Tequila? ¿Has dicho... tequila?

—Sí, exactamente. Me alegra saber que no estás sorda.

—Preferiría no tener que hacerlo.

—Pues lo vas a hacer. Además, ¿a cuento de qué vienen tantos remilgos? Sé que el tequila te encanta. Te bebiste unos cuantos en Miami, hace tres años.

—Y mira lo que pasó... ¿Estás seguro de que soy la persona apropiada?

—¿Por qué no? No es necesario que bebas, ni mucho menos que te emborraches. Solo tienes que poner la mejor de tus sonrisas y decir que ese tequila es lo mejor que te ha pasado desde que te pusiste unos patines por primera vez. Supongo que fue el momento más importante de tu vida, ¿no? Mucho más importante que ninguna de tus relaciones amorosas.

Ella respiró hondo.

—Disfrutas torturándome, ¿verdad? Pero no podremos trabajar juntos si no resolvemos los problemas que hay entre nosotros.

Javier arqueó una ceja.

—Dije que eras un mujeriego —continuó ella—. ¿Y qué? Lo eras entonces y lo sigues siendo ahora. Tienes más mujeres que calcetines, y nunca estás mucho tiempo con la misma.

—Veo que estás bien informada.

—Es lógico que lo esté. Tu cara aparece constantemente en las revistas del corazón. Si no quieres que la prensa hable de ti, deberías llevar ciertas cosas en secreto.

—Eso es imposible. Hay aspectos de mi vida que son inevitablemente públicos. Pero había uno que no lo era hasta que tú me investigaste y les filtraste la noticia.

—Yo no hice nada, Javier.

—¿Ah, no? Entonces, ¿quién lo hizo?

Carla suspiró.

—Mi padre. Tuvo que ser él. Yo solo soy culpable de ser su hija.

Javier la miró con intensidad durante unos segundos.

—No, no es lo único de lo que eres culpable, pero dejemos eso de momento. Serás la cara de mi nueva gama de tequila, y harás un buen trabajo.

Darren O'Hare, el director creativo de J. Santino Inc., apareció minutos después. Era un hombre de ojos grises y actitud amable que se dirigió a ella con una gran sonrisa.

—Bienvenida a bordo —dijo mientras le estrechaba la mano—. Me llevé una alegría cuando Javier me dijo que serías la protagonista de nuestra campaña de publicidad. Soy seguidor tuyo desde hace tiempo.

Carla también sonrió.

–Gracias. Lo haré lo mejor que pueda.

Darren se sentó y dejó su maletín en el suelo.

–He estado mirando algunas grabaciones de tus participaciones deportivas. Por motivos exclusivamente profesionales, por supuesto. Y debo añadir que eres increíble. Rozas la perfección de tal manera que...

–¿Qué te parece si nos centramos en la campaña? –lo interrumpió Javier–. Si ya has terminado de halagar a tu ídolo.

Darren carraspeó, incómodo.

–Sí, claro...

–En ese caso, vayamos a mi despacho.

Javier los llevó al despacho, donde Darren abrió el maletín y, tras sacar varias fotografías de tamaño grande, las extendió sobre la mesa. Carla las miró y pensó que eran preciosas. Era obvio que habían dedicado mucho tiempo y trabajo a la campaña de La Pasión, la nueva gama de tequila de J. Santino Inc.

–Ya tenemos el eslogan de la campaña –dijo Darren–. Solo falta el guion del anuncio que vais a hacer Pavlov y tú.

–¿Pavlov Krychek? –preguntó ella.

Carla frunció el ceño. Krychek era un patinador ruso de enorme talento, pero también era un arrogante de mucho cuidado, convencido de que todas las mujeres debían caer rendidas a sus pies.

–Sí, sé que es un hombre difícil, pero...

–Olvida ese asunto –dijo Javier–. No participará en la campaña.

–¿Y eso? –dijo Darren.

–Lo he despedido esta mañana. Tenía demasiadas

exigencias, y yo no soporto ni a los divos ni a las divas –le informó–. El anuncio es cosa tuya, Carla. Solo estaréis tú, tus patines y la botella de tequila.

–¿Mis patines?

–Naturalmente. Son tu instrumento de trabajo, la esencia de lo que eres. Sin ellos, solo serías otra famosa con una cara bonita.

Darren asintió.

–Sí, es una buena idea. Creo que podría funcionar.

–Funcionará mucho mejor que la idea original del departamento de publicidad. Es una lástima que no se me ocurriera antes. No habríamos perdido tanto tiempo y dinero con Pavlov Krychek.

Darren hizo caso omiso del comentario. Conocía a su jefe, y sabía que no se podía razonar con él cuando estaba de mal humor.

–¿Cuándo lo vamos a hacer? –preguntó ella.

–Aún no lo sé. Teníamos intención de rodar el anuncio en una pista de patinaje, pero ahora...

–Lo rodaremos cuando estés completamente recuperada –dijo Javier–, y empezaremos con varias tomas en un club nocturno. Mientras tanto, Darren te dará toda la información que necesites sobre el producto.

–¿Información? ¿No basta con leer el guion?

Javier sonrió.

–Entrenas tres veces al día para ser patinadora profesional, y yo procuro hacer algo parecido en mi trabajo. Las cosas salen mejor cuando la gente está bien informada. Como se suele decir, el conocimiento es poder... y no creo que estés en desacuerdo.

–No, por supuesto que no.

–Excelente. ¿Hay algo más, Darren?

Darren sacudió la cabeza.

—No, eso es todo por ahora. Os dejo una carpeta con toda la información que podáis necesitar, además del plan previsto. Cuando encuentre una localización adecuada, os lo diré y organizaré una visita. En cuanto a ti, Carla, llámame si tienes alguna duda. Mi número de teléfono está en la carpeta.

Javier lo miró con cara de pocos amigos, y Darren añadió:

—Aunque, por otra parte, estoy seguro de que Javier te podrá ayudar.

—Gracias por todo, Darren. Te veré el lunes, en la oficina.

—De nada. Y encantado de conocerte, Carla.

Javier acompañó a Darren a la salida, y ella aprovechó la ocasión para sentarse en el sofá del despacho y frotarse las sienes. De repente, le dolía la cabeza.

Cuando volvió, él se dio cuenta de que le pasaba algo y se interesó al respecto.

—No me pasa nada —dijo ella.

Lejos de engañarlo, la negativa de Carla solo sirvió para aumentar la preocupación de Javier, que no estaba de humor para tonterías; así que se acercó al sofá, se puso en cuclillas y dijo, mirándola a los ojos.

—Dime lo que te pasa. Y dímelo ya.

Capítulo 6

CARLA sacudió la cabeza, gesto que él interpretó como un acto de rebeldía. Por lo visto, seguía sin entender que estaba en sus manos, y que su obstinación no evitaría que se vengara de ella por lo que había hecho.

—¿Es que te encuentras mal?

—No, solo tengo un poco de jaqueca, pero carece de importancia.

—Pues cualquiera lo diría. Te has quedado como si estuvieras en trance.

Ella apartó la mirada.

—Lamento que te disguste mi aspecto cuando estoy pensando, pero...

—¡Oh, por Dios! Deja de insultar a mi inteligencia. ¡Y mírame a los ojos cuando te hablo!

Carla obedeció.

—Ya te estoy mirando. ¿Estás satisfecho?

—Lo estaré cuando me digas lo que te pasa. Y no vuelvas a repetir que no te pasa nada.

—Está bien, te lo diré. Me preocupa la idea de volver a patinar, aunque sea para rodar un anuncio.

—Descuida. Lo rodaremos cuando estés completamente recuperada, no antes.

—¿No podríamos rodar en cualquier otro sitio?

—¿Por qué? ¿Qué te incomoda tanto?

Ella cambió de posición.

—Si me vuelvo a caer, no me recuperaré hasta dentro de varios meses. ¿Qué sentido tiene que me arriesgue?

—El sentido de todos los millones que vas a ganar con esta campaña de publicidad. Un dinero que perderías si incumples tu parte del contrato –le recordó él–. Y estoy seguro de que no querrás perderlo.

—Pero tiene que haber una alternativa.

—He optado por la solución que me ha parecido más conveniente. Y, si no me dices la verdadera razón de tu negativa a patinar, seguiré con mi plan original.

Carla alzó la barbilla, desafiante.

—Ya te he dado mis razones –afirmó–. Pero no parece que sirva de nada, así que me voy, necesito un poco de aire fresco.

—Carla...

—No me digas que soy tu prisionera.

—No, en absoluto. Pero no puedes salir sola. No es seguro.

—¿Qué quieres decir? –preguntó ella.

—Que tus seguidores son muy insistentes. Ahora han acampado delante de mi casa, y te asaltarán si te ven salir.

Carla palideció.

—Oh, no... ¿Cuándo han llegado? Ayer no estaban.

—Llegaron anoche. Obviamente, alguien les ha informado de que estás en Nueva York.

—Maldita sea... ¿Y qué tengo que hacer? ¿Quedarme encerrada?

—No es necesario. Puedes salir si te acompaña alguien.

–¿Alguien como tú?

–Exacto. Pero te deberías alegrar de que vaya contigo, porque una de las personas que está abajo es el tipo que te ha hecho proposiciones deshonestas. Tengo entendido que incluso llegó a enviarte fotografías subidas de tono.

Carla lo miró con perplejidad.

–¿Cómo te has enterado?

–¿Cuándo te vas a meter en la cabeza que sé todo lo que se debe saber de ti?

–¿Solo lo que se debe? –ironizó ella–. Bueno, me alegra saber que no lo sabes absolutamente todo.

Javier hizo caso omiso del sarcasmo de Carla.

–¿Ha hecho algo más que enviarte fotos y ponerse pesado?

–Bueno, envió unas cartas tan horribles a mi página web que el administrador lo tuvo que bloquear.

–En ese caso, me aseguraré de que entienda que no es bien recibido.

–No le hagas nada malo, por favor. Es de lo más molesto, pero no creo que sea capaz de pasarse de la raya.

–Si te ha molestado, ya se ha pasado de la raya.

Javier se incorporó y se metió las manos en los bolsillos.

–Anda, ve a vestirte –dijo–. Pero no tardes demasiado. Tengo una videoconferencia dentro de un par de horas.

–¿No habías dicho que te habías tomado el día libre?

–Sí, pero soy adicto a los desafíos profesionales, y ha surgido algo que me interesa particularmente.

Ella salió del despacho, y Javier se puso a pensar

en la videoconferencia. En realidad, no tenía nada que ver con el trabajo, sino con un hombre al que detestaba: Fernando, su padre. El origen de la información que había llegado a los Nardozzi. El único que les podía haber dicho que era hijo ilegítimo.

Se acercó a la ventana, miró a la calle y, al ver al grupo de seguidores que estaban junto al portal, se acordó otra vez del tipo que estaba molestando a Carla. Ella no le daba importancia, pero él era muy consciente de las desastrosas consecuencias que podía tener el culto desmesurado a una persona.

Su madre se había cegado con un hombre que no se la merecía, con un hombre poderoso y sin escrúpulos que destrozó su inocencia y le partió el corazón. Oficialmente, Juliana Santino había muerto de cáncer; pero Javier sabía que su profunda tristeza había sido la verdadera causa de su fallecimiento.

–Ya estoy...

Javier se giró y miró a Carla, que acababa de entrar. Llevaba un top blanco y unos vaqueros a juego que se ajustaban gloriosamente a su cuerpo y hacían maravillas con sus curvas. Estaba tan sexy que se olvidó de su padre al instante.

–¿Por qué te has recogido el pelo? –se interesó él.

Carla se llevó una mano a la cabeza.

–Porque así estoy más cómoda. Me ha costado un poco, habida cuenta de que solo puedo usar una mano, pero creo que el moño aguantará.

Javier cruzó los dedos para que no aguantara. Desde su punto de vista, estaba mucho más atractiva con el pelo suelto; pero se lo calló y, tras alcanzar las llaves del coche, dijo:

–¿Nos vamos?

–¿En coche? Pensaba que íbamos a dar un paseo.

–Es mejor que dejemos el paseo para otro día. Cada vez hay más seguidores delante de la casa –declaró Javier.

–Bueno, pero podemos ir a algún sitio y pasear allí.

–Ya veremos.

Salieron del ático y entraron en el ascensor. Al llegar al garaje, Javier dio las llaves al empleado que se encargaba de recoger los coches y se quedó con Carla, esperando. Pero estaba de un humor tan sombrío que ella comentó:

–Si llego a saber que estarías tan serio, habría salido sola.

–¿Prefieres enfrentarte a una multitud antes que enfrentarte a mi supuesto mal humor? –preguntó él.

–Desde luego que sí.

El empleado apareció con el coche al cabo de un par de minutos. Javier le dio una propina más que generosa y, acto seguido, abrió la portezuela a Carla y se sentó al volante. Justo entonces, sonó su teléfono móvil.

Era un mensaje de texto. Como de costumbre, su padre ni siquiera se había molestado en confirmarle que estuviera dispuesto a hablar con él; pero Javier pensó que esa vez haría una excepción, y se llevó una terrible decepción cuando leyó las frías líneas de Fernando. Ya no habría ninguna videoconferencia. No quería saber nada de su propio hijo.

Estaba tan enfadado que tuvo que hacer un esfuerzo para no lanzar el móvil por la ventanilla. Sin embargo, no tuvo tanto aplomo con el coche, y arrancó como si estuvieran en una carrera de velocidad.

–¿Puedo preguntar qué te pasa? ¿O me vas a lanzar algo a la cabeza?

–Prefiero que no preguntes. Ahora mismo, solo quiero disfrutar del inesperado placer de tener la tarde libre. Pensaba que estaría ocupado con la videoconferencia, pero se ha suspendido.

–¿Era importante?

Javier soltó una carcajada sin humor.

–Teniendo en cuenta que llevo esperándola cinco años, se podría decir que sí.

–Bueno, seguro que puedes hablar con quien sea en otro momento.

Él se encogió de hombros.

–¿Tratándose de mi padre? Lo dudo.

–¿De tu padre? ¿Ibas a hablar con tu padre?

–Sí. O, por lo menos, lo iba a intentar –contestó–. Pero, por cuarta vez en lo que va de mes, me ha rechazado.

Javier aceleró para pasar un semáforo de Madison Avenue que estaba a punto de ponerse en rojo.

–Me extraña que te des por vencido tan fácilmente –dijo ella–. No eres de la clase de hombres que se cruzan de brazos y se conforman con ser testigos de los acontecimientos.

–¿Qué insinúas?

–¿Sabes dónde vive tu padre?

Él suspiró y asintió.

–Sí, por supuesto. Pero, antes de que propongas lo evidente, debes saber que la última vez que mi padre y yo estuvimos en la misma habitación nos faltó poco para acabar a puñetazos.

Carla se quedó atónita.

–¿Qué has dicho?

–Lo que has oído, querida. Descontándote a ti, mi padre es la única persona que puede sacarme de quicio.

–Gracias por el cumplido... –protestó ella.

–Es un comentario más elogioso de lo que parece. Haces que la sangre me hierva en las venas, y eso no está mal.

–Lo está si te incita a la violencia.

–No necesariamente. De hecho, tú me provocas deseos de una naturaleza muy distinta.

Carla se ruborizó, y a él le pareció tan encantador que sintió la tentación de besarla. Pero, en lugar de rendirse a sus apetencias, detuvo el coche en una calle llena de árboles y la invitó a salir.

–¿Dónde estamos? –preguntó ella.

–En un sitio donde no nos molestará nadie.

Javier se preguntó por qué la había llevado a la mansión de su difunta madre. A fin de cuentas, podrían haber ido a Connecticut o a los Hamptons, lugares perfectamente adecuados para dar un paseo. Y, como no encontró respuesta alguna, la acompañó hasta una puerta de hierro forjado y marcó un código de seguridad en el panel.

–Esto es precioso –dijo Carla, al ver los jardines del otro lado.

–Sí, lo es.

Durante los minutos siguientes, se dedicaron a pasear entre fuentes ornamentales y rosales. Carla estaba entusiasmada con la belleza del lugar, y parecía tan feliz que Javier se relajó y empezó a hablar del pasado.

–Mi madre y yo dábamos muchos paseos por estos jardines. Yo era un niño en aquella época, y jugábamos a ver quién sabía más nombres de flores –explicó–. Pero, a pesar de ser un niño, sabía que ella se dejaba ganar.

–¿De quién son? Los jardines, quiero decir.

–De mi madre, claro.

Carla se giró hacia él, sorprendida.

–¿Vive aquí?

–Vivía. Falleció hace cinco años.

–Oh, *mi dispiace. Le mie condoglianze.*

Al darse cuenta de que le había hablado en italiano, su idioma natal, Carla quiso corregir el error. Pero él se le adelantó.

–*Va bene, dolce principessa.* Te he entendido perfectamente.

–¿Por qué me llamas eso? Yo no soy una princesa.

–¿Ah, no? –dijo Javier con sorna.

–No estropees el momento, por favor. Me alegra mucho que me hayas traído aquí. Te estoy muy agradecida.

Él se encogió de hombros.

–No es para tanto –dijo.

Ella sonrió.

–Tu madre debía de estar encantada de vivir aquí. Un lugar tan tranquilo, en medio de una ciudad tan llena de vida... Es algo verdaderamente extraordinario.

–Bueno... digamos que solo lo toleraba.

Carla frunció el ceño.

–¿Y cómo es eso?

–Habría preferido estar en su hogar, y este no lo era.

–Pero te tenía a ti. Seguro que era suficiente.

Javier apartó la mirada.

–Me temo que no. Quería volver a Menor Compostela, pero no podía.

–¿Menor Compostela? ¿Qué es ese lugar? ¿El sitio donde vive tu padre?

–Me extraña que lo preguntes. Estaba seguro de que lo sabías. Al fin y al cabo, fue él quien te dio esa información sobre mis orígenes familiares.

La expresión de Carla se volvió súbitamente sombría.

–Ya te he dicho que no fue cosa mía, sino de mi padre. Se enteró de que tú y yo nos habíamos acostado, y supongo que quiso investigar...

–¿Con quién retozaba su princesa? –la interrumpió Javier con amargura.

–¿Qué tiene de particular? No me digas que nunca has investigado a ninguno de tus competidores, por ejemplo...

–Por supuesto que sí, pero no filtro nada a la prensa.

Javier se arrepintió de haberla llevado a la propiedad de su madre. Pero ya no tenía remedio, así que entró en la mansión y dejó a Carla en el jardín.

Estuvo un buen rato en el interior de la casa. Se dedicó a pasear por sus silenciosas estancias, mirando las telas que cubrían los muebles. En otro tiempo, se había llegado a convencer de que, si llenaba aquel lugar de cosas bonitas, su madre recuperaría las ganas de vivir y olvidaría el pasado. ¿Cómo podía haber sido tan estúpido? Ni el pasado era tan fácil de superar ni él sabía nada de psicología.

Solo sabía de negocios y contratos. Así que volvió al jardín, se plantó ante Carla y dijo:

–Quiero que me contestes a una pregunta. ¿Firmaste nuestro acuerdo después de haber decidido que ibas a dejar temporalmente el patinaje artístico?

Ella se puso pálida, pero no dijo nada.

—¡Contéstame!

Carla asintió y tragó saliva.

—Sí.

Mientras volvían a la calle, Javier se maldijo a sí mismo por ser tan sentimental. Carla no lo podía saber, pero él habría preferido que mintiera. Habría dado cualquier cosa por oír una negativa de sus labios.

Capítulo 7

DI ALGO –rogó Carla–. Lo que sea. No soporto este silencio.

Habían salido de la mansión, y volvían a estar en el coche de Javier, que él conducía con tensión apenas contenida y expresión de dureza. Ya no era el hombre que le había hablado de su madre y de su infancia.

–Javier, por favor...

–No me lo pensabas decir, ¿verdad? No antes de cobrar el primer cheque –afirmó él–. Y hasta es posible que tuvieras intención de desaparecer.

–No, no me marcharía sin hablar contigo. De hecho, no me iba a ir a ninguna parte. Pero, ¿a qué viene esto? Es una locura...

–¿Una locura? Dime, ¿por qué firmaste ese contrato? Con un cuerpo y una cara como los tuyos, podrías echar el lazo a un hombre rico y olvidarte de todo. No eres la persona más íntegra que conozco, pero tienes muchas cosas que ofrecer físicamente.

Ella se sintió como si le hubiera dado una bofetada.

–¿Cómo te atreves a decir eso? Me ofendes sin motivo.

–Tengo motivos de sobra. Cada vez que nuestras vidas se cruzan, me engañas.

–¡No es verdad!

–¿Ah, no? Pues explícate entonces.

Ella tomó aliento.

–Sí, quería dejar temporalmente el patinaje, pero no había tomado ninguna decisión. No sabía cuándo ni cómo.

–¿Y no te parece que deberías habérmelo dicho antes de firmar el acuerdo? –preguntó Javier–. ¿Afirmas que el hecho de mantenerlo en secreto no tuvo nada que ver con el estado de tus cuentas bancarias?

–Lo afirmo taxativamente, aunque sobra decir que firmé el acuerdo por dinero. ¿Por qué si no? Hace tres años, me dijiste que no querías saber nada de mí... y, de repente, me ofreces que trabaje para tu empresa –dijo ella–. No soy estúpida, Javier. Sabía que no era un simple asunto de negocios.

–Entonces, ¿por qué lo firmaste?

–Porque tenía la esperanza de que hubieras superado lo sucedido –respondió–. Lo creas o no, tenía intención de cumplir nuestro contrato. Y aún la tengo. Seré el rostro de tu campaña publicitaria, y lo haré lo mejor que pueda. Sinceramente, no sé por qué estás tan enfadado conmigo. No ha cambiado nada.

–Puede que no, pero he vuelto a cometer la enorme equivocación de confiar en ti, y no me lo perdono.

Justo entonces, llegaron al edificio del Upper East Side. Y descubrieron que, en lugar de disolverse, la multitud había aumentado.

Javier entró en el garaje, aparcó y llevó a Carla a uno de los ascensores, donde pulsó el botón del ático. Carla había estado pensando en la difícil relación que mantenían, y decidió hacer algo por mejorarla.

–Hay algo que debes saber –dijo.

Él frunció el ceño.

–¿De qué se trata?

–De mi padre. Ha escrito una serie de artículos para la revista *Vita Italia*.

–¿Y qué?

–Es mi director técnico, y no debería decir nada sobre mi carrera, pero... las cosas no están precisamente bien entre nosotros.

–¿Temes que te deje en mal lugar?

Carla asintió.

–Gana mucho dinero conmigo. No permitirá que deje el patinaje así como así.

Javier sacudió la cabeza.

–Te has metido en un buen lío, princesa.

Él salió del ascensor y se dirigió a la puerta de su domicilio. Acababan de entrar cuando ella lo agarró del brazo y dijo:

–Javier...

Javier reaccionó con una velocidad asombrosa. Con el mismo movimiento, cerró la puerta y puso a Carla contra la pared, atrapándola entre sus brazos.

–Aunque esté dispuesto a admitir que no lo guardaste en secreto para impedir que te denunciara por incumplimiento de contrato, eso no justifica tu silencio.

Carla lo miró a los ojos.

–Me sacaste del hospital, me arrastraste a Nueva York y me dejaste prácticamente sola durante dos semanas. ¿Cuándo querías que te lo dijera? Esta es la primera vez que hemos tenido ocasión de hablar.

Javier le pasó las manos por los brazos y las llevó a su cuello, excitándola.

—Interpretas muy bien el papel de damisela indignada —continuó él—. Pero, si pensaras en los demás y tuvieras sus sentimientos en consideración, habrías sabido que no te convenía estar otra vez en esta situación.

—¿Y qué situación es esa? ¿La de apelar nuevamente a tu comprensión y recibir nuevamente tu desprecio? ¿Qué vas a hacer ahora? ¿Echarme de tu casa?

Javier se rio.

—Eso te encantaría, ¿verdad? Sería una noticia magnífica para la prensa —afirmó—. ¿Siempre tiene que ser así, Carla? ¿Siempre acabaremos mal?

—No era mi intención —dijo en un susurro.

Javier le acarició los labios con un dedo.

—No lo sería, pero aquí estamos.

—Devuélveme mi libertad, Javier. Rompe tú el contrato.

Él sacudió la cabeza.

—No. Si rompo el contrato, ya no estarás obligada a obedecerme. Te irías a estafar a otro incauto.

—Cualquiera diría que le estás haciendo un favor a la humanidad.

—En cierto modo, sí.

Javier se apretó contra ella, y Carla sintió el duro e inconfundible contacto de su erección en el estómago.

Se le endurecieron los pezones al instante, exigiendo atención. Súbitamente, ardía en deseos de dejarse llevar y saciar el hambre que la dominaba por completo. Pero aún no se había rendido. Aún tenía fuerzas.

–No, Javier...

–Me deseas, Carla. Sé que me deseas.

Ella no lo pudo negar.

–¿Quieres que te bese, querida mía? ¿O prefieres callar y esperar a que tu cuerpo consiga atraparme en tu red?

Carla era muy consciente de las repercusiones de lo que estaba a punto de decir, pero era la verdad.

–Sí, quiero que me beses.

Javier soltó un gemido de alivio y desesperación antes de asaltar su boca. Y, en ese preciso momento, Carla perdió todo vestigio de racionalidad.

Ya no importaba nada. Nada salvo el fuego implacable del placer. Nada salvo sus lenguas, sus labios y la tensión que iba creciendo rápidamente entre sus piernas, en un lugar que solo él había poseído.

Al cabo de unos momentos, él la empezó a acariciar. Exploró su cuerpo con una minuciosidad que la estremeció mucho más de lo que Carla creía posible. No había olvidado su noche de amor, pero la realidad era enormemente más intensa que la memoria; y, cuando Javier cerró una mano sobre uno de sus senos, dejó escapar un suspiro de satisfacción.

–Cierra las piernas a mi alrededor –ordenó él.

Carla tomó impulso y cerró las piernas alrededor de su cintura. Luego, Javier la llevó al salón y la tumbó en el sofá, donde retomaron los besos y las caricias. Pero no era suficiente o, por lo menos, no lo era para Carla, que se apretó contra él con todas sus fuerzas, como si su vida dependiera de ello.

–Tranquila, *principessa*. ¿A qué viene tanta necesidad? ¿Es que tu último novio no te satisfacía? Porque, si es así, no te preocupes, cuando vuelvas a ser mía, te olvidarás de todos los hombres con los que te hayas acostado.

Carla tuvo un momento de pánico. Javier había definido la situación de un modo que no dejaba lugar a dudas: la iba a hacer suya. Pero, a diferencia de lo que había sucedido en Miami, esa vez no sería un cuento de risas, coches deportivos y diversión, sino un acto de venganza. Al fin y al cabo, estaba convencido de que lo había manipulado para que Draco se pusiera celoso y se fijara en ella.

Solo quería darle una lección. Y, por mucho que Carla deseara sus atenciones, no se dejaría llevar al matadero.

—¿Qué consecuencias tuvo, Javier?

Él la miró sin entender nada.

—¿Cómo?

—Me refiero a la filtración sobre tus circunstancias familiares. ¿Qué pasó exactamente?

Javier entrecerró los ojos.

—¿Por qué lo preguntas en este momento? No es precisamente romántico.

—Dímelo, por favor. Necesito saber por qué me odias tanto.

Él la soltó, se levantó y, tras pasarse una mano por el pelo, se acercó al armario de las bebidas y se sirvió un whisky. Después, dio un trago y volvió al sofá, donde se sentó con ella. Pero no dijo ni una palabra.

—Es obvio que tuvo alguna consecuencia. De lo contrario, no me torturarías constantemente —continuó Carla—. Y necesito saber por qué.

—¿Crees que yo te torturo? ¿Crees que esto es una tortura? —dijo él con ironía.

—Solo es una forma de hablar. Lo sabes de sobra

–replicó Carla–. ¿Por qué me tratas como si fuera una apestada?

–Porque me manipulaste para que me acostara contigo y me dejaste tirado a la mañana siguiente –respondió Javier.

Ella sacudió la cabeza.

–Me acosté contigo porque me apetecía. Es cierto que te traté mal, pero soy completamente sincera –dijo–. Además, yo no me refería a eso. No cambies de conversación, por favor.

–Está bien. ¿Quieres saber lo que pasó por culpa de tu querido padre?

Carla asintió.

–En ese caso, será mejor que empiece por el principio.

Javier respiró hondo y le contó la historia.

–Mi madre tenía diecisiete años cuando, un día, estando de paseo, se fijó en un aristócrata rico que estaba en un coche precioso. Suena bien, ¿eh? La mayoría de la gente pensaría que fue el principio de un cuento romántico, pero, para ella, solo fue el principio del final. Aquel hombre la sedujo, provocó que su propia familia la desheredara y la llevó a vivir a una casita que estaba cerca de su propiedad.

–¿Y qué pasó?

–Que mi madre se quedó embarazada de mí. Yo nací en aquella casita, seis años después. Mi padre estaba casado y, como no quería que la gente supiera que iba a tener un hijo ilegítimo, se negó a que ella diera a luz en un hospital –contestó–. Por desgracia, surgieron complicaciones. Mi madre estuvo a punto de morir durante el parto y, aunque se recuperó físicamente, no volvió a ser la misma.

Javier apretó los puños y siguió hablando.

—Crecí sin saber prácticamente nada del hombre que había sacrificado a mi madre en el altar de su bendita reputación social. Pero mi madre estaba tan enamorada de él que creía sus mentiras. Estaba segura de que se divorciaría de su esposa y se quedaría con ella, pero su esposa la baronesa se dedicó a darle más herederos con la regularidad de una línea de montaje.

—¿Quieres decir que tienes hermanos?

Él arqueó una ceja.

—Por supuesto que no. A ojos de mi padre, yo no existo. Y, si no existo, tampoco puedo tener hermanos.

—Oh, Dios mío...

—Sea como sea, mi padre no quiso que yo fuera al colegio, y dejó mi educación en manos de mi madre. Para entonces, él tenía tantos hijos que no podía malgastar ni un puñado de monedas en un simple bastardo —ironizó—. Mientras otros chicos estudiaban juntos y jugaban al fútbol en un patio, yo estudiaba solo y jugaba igualmente solo en el jardín. Pero mi madre resultó ser una profesora excelente. Aprendí mucho más que la mayoría.

—¿Al final lo dejó?

—¿A mi padre? No, fue él quien la dejó —respondió Javier con una sonrisa de tristeza—. Yo fui a la universidad, tuve éxito en los negocios y compré varias mansiones a mi madre, en varios lugares del mundo. Pero no se quedaba demasiado tiempo en ninguna. Echaba de menos la pequeña casa donde yo había crecido, y sé que albergaba la esperanza de que el canalla de mi padre volviera a su lado.

–¿Tuviste una relación estrecha con él?

–En absoluto. No lo vi de cerca hasta que, a los nueve años, me escapé de casa y me colé en su castillo, donde lo descubrí jugando al tenis con otro de sus hijos. Yo quería hablar con él, decirle quién era y escupirle a la cara por hacer que mi madre llorara todas las noches, cuando creía que yo estaba dormido.

A Carla se le encogió el corazón. Empezaba a entender por qué le había dolido tanto que lo rechazara. Su vida era una historia de rechazos.

–Aquel día no le llegué a decir nada –continuó él–. Se lo dije años más tarde, cuando nuestros caminos se cruzaron por casualidad. Y no lo volví a ver hasta que volví a Menor Compostela, tras el fallecimiento de mi madre. Ella me había pedido que la enterraran con sus antepasados, y él era la única persona que podía presionar a su familia para que le concediera ese deseo, pero se negó.

–¿Por qué? ¿Porque no quería que lo relacionaran con tu madre?

–Exactamente –contestó–. No quiso saber nada del asunto. Y tampoco de mí... hasta hace tres años.

–¿Qué le hizo cambiar de opinión?

–Las uvas, aunque te parezca sorprendente. Mi padre produce vino de rioja, y aquel año perdió millones de euros por culpa del mal tiempo. De hecho, estuvo al borde de la bancarrota. Y, si no hubiera sido por mí, se habría hundido en el fango.

–Pero interviniste.

–Con la condición de que hiciera lo correcto con mi difunta madre.

A Carla se le erizó el vello de la nuca. No hacía

falta tener mucha imaginación para saber cómo termi-
naba la historia, y se arrepintió amargamente de haber
desempeñado un papel tan negativo. Incluso estuvo a
punto de pedirle que no siguiera adelante. Pero Javier
estaba decidido a hablar, y siguió de todas formas.

—La noticia sobre mi condición de hijo ilegítimo
apareció en los periódicos tres días después de que yo
salvara su negocio. Ya tenía lo que quería, así que
incumplió su promesa y me retiró la palabra definiti-
vamente. Desde entonces, no he sabido nada de él.
No responde a mis llamadas —sentenció.

Ella se humedeció los labios, que tenía repentina-
mente secos.

—Lo siento muchísimo, Javier.

—Te creo, Carla. Sin embargo, mi madre sigue en-
terrada en el mismo sitio, lejos de la familia que tanto
echaba de menos. Y no lo voy a olvidar. No hasta que
se cumpla el deseo que me expresó en su lecho de
muerte —dijo con vehemencia—. Como ves, tus maquinaciones no me han sido precisamente de ayuda.

Carla abrió la boca para decir algo, pero no pro-
nunció ninguna palabra hasta que Javier se levantó y
se dirigió a la puerta.

—¿Adónde vas?

—Acabo de decidir que lo de tomarme un día libre
no era una buena idea.

—¿Vas a la oficina?

—Sí, supongo que sí. Tengo que apagar el fuego
que ha provocado tu padre.

—¿Te refieres a los artículos de *Vita Italia*?

—Hablaré con él y, si contienen algo que pueda
dañar tu imagen, te aseguro que no se llegarán a pu-
blicar. Estoy dispuesto a llevarlo a los tribunales.

–¿Y qué pasa con tu padre?

–Ah, eso... Mi querido padre ha tenido otra vendimia mala. Y esta vez se va a llevar una buena lección.

Javier se disponía a salir del ático cuando ella preguntó:

–¿Y yo?

Él se dio la vuelta y la miró de arriba abajo.

–Paciencia, princesa. Me encargaré de ti antes de lo que te imaginas.

Javier se fue inmediatamente, y Carla se quedó pensando en lo que le había dicho.

No le extrañaba que estuviera furioso con ella. Daba igual que la culpa fuera de su padre, porque el resultado había sido el mismo: impedir que la difunta madre de Javier descansara con su familia.

Desgraciadamente, ya no podía hacer nada. El daño estaba hecho. Pero podía hablar con Olivio y hacerle ver de una vez por todas que su vida era suya, y que no estaba dispuesta a permitir más intervenciones externas.

Se dirigió a su habitación, buscó el teléfono móvil y marcó el número. Su padre no contestó, pero ella le dejó un mensaje donde le dejaba bien claro que, si no se atenía a razones, contrataría los servicios de un bufete de abogados y presentaría una demanda contra él.

En cuanto a Javier, solo podía esperar que, cuando llegara el momento, se mostrara comprensivo y le demostrara la misma consideración que lo había empujado a llevarla a pasear al jardín de su madre.

Capítulo 8

CARLA solo lo vio un par de veces durante el fin de semana. Y la última vez, el encuentro fue tan breve que Javier solo tuvo tiempo de despedirse y de decirle que se marchaba a Los Ángeles por un asunto de negocios y que estaría fuera dos días.

Durante su ausencia, decidió echar un vistazo a los materiales de Darren y adelantar un poco el trabajo. No se imaginaba que el primero de los documentos de la carpeta resultaría ser una fotografía de Javier a todo color. Y no una fotografía cualquiera, sino una en la que estaba tan arrebatadoramente atractivo que parecía la personificación del pecado.

Carla intentó recordarse que no era una especie de dios, sino solo un hombre; uno tan complejo y vulnerable como los demás. Pero, mientras admiraba sus sensuales labios, sus intensos ojos y la morena piel que se atisbaba en el cuello de su camisa abierta, pensó que eso no lo hacía menos fascinante. Más bien, todo lo contrario.

Enfadada con su obsesión por él, apartó la fotografía y se dedicó a leer el siguiente documento, que era un resumen de la historia de J. Santino Inc. Por lo visto, Javier pretendía al principio que fuera una empresa de inversiones, pero su amor por el diseño y los placeres de la vida lo había empujado a cambiar de objetivo y transformarla en una empresa de productos de lujo.

Si se hubiera tratado de otro hombre, Carla habría pensado que el éxito de J. Santino Inc. se debía a factores ajenos al talento y el trabajo. Pero se trataba de Javier, y era absolutamente consciente de que todo lo que tenía se lo había ganado con el sudor de su frente y por una circunstancia muy particular: el deseo de ser algo más que el hijo ilegítimo de un hombre que lo despreciaba.

Incapaz de refrenarse, alcanzó la foto y la miró otra vez antes de sumergirse en los detalles de su nuevo producto, el que ella iba a representar.

Javier no había exagerado al decir que ella había tomado demasiado tequila durante aquella noche en Miami. Sin embargo, había una cosa que desconocía: que lo había tomado precisamente porque le había oído hablar con Draco sobre lo mucho que le gustaba la famosa bebida mexicana. Y, como ella estaba fascinada con él, decidió probarlo.

La experiencia le pareció tan placentera como coherente en un sentido metafórico. Era una bebida intensa y delicada a la vez. Igual que Javier Santino.

Cuando terminó de leer, comprobó el teléfono para ver si su padre le había devuelto la llamada, pero no había ningún mensaje suyo. Y, como empezaba a estar harta de vivir entre cuatro paredes, decidió salir a dar un paseo.

Justo entonces, se acordó de la multitud que había acampado delante de la casa y se asomó a una de las ventanas. Por fortuna, la gente se había ido; así que fue al dormitorio, se puso un jersey de cachemir y, tras cepillarse el pelo, alcanzó el bolso y las gafas de sol. Pero, al abrir la puerta principal, se topó con un hombre tan gigantesco como musculoso que llevaba traje.

–Buenos días, señorita Nardozzi –dijo el desconocido.

–Buenos días. ¿Quién es usted? ¿Nos conocemos?

–No, no nos han presentado todavía. Soy Antonio, su guardaespaldas. El señor Santino me ha pedido que me asegure de que no la molesten si decide salir de la casa.

Carla no supo qué pensar. ¿Debía enfadarse por la intromisión de Javier, que parecía decidido a controlar todos los aspectos de su vida? ¿O debía sentirse agradecida por el hecho de que se preocupara por su bienestar?

En la duda, optó por lo primero. Conociendo a Javier, era posible que hubiera contratado al guardaespaldas porque le preocupaba la posibilidad de que intentara huir mientras él estaba en Los Ángeles.

–Voy a pasear –le informó–. No sé cuándo volveré.

–No se preocupe por eso. Ni siquiera notará mi presencia.

Ella frunció el ceño, pero salió del edificio de todas formas. Y, cuando ya estaba en la calle, sacó el móvil y envió un mensaje a Javier donde le decía que era perfectamente capaz de cuidarse sola y que no necesitaba una niñera.

La respuesta de Javier, que llegó al cabo de unos segundos, fue categórica. Lejos de excusarse por lo que había hecho, dijo que el guardaespaldas se quedaría en cualquier caso y añadió que no se molestara en intentar quitárselo de encima, porque solo rendía cuentas a él.

Sus palabras provocaron un intercambio de mensajes subidos de tono, donde ella reiteraba que le parecía inaceptable y él insistía en que, por muy inaceptable que le pareciera, no estaba sujeto a negociación. Fue una conversación tan absurda que, al final, Carla se sorprendió sonriendo. Especialmente, después de que Javier le recomendara que comiera un poco, porque necesitaba fuerzas para seguir siendo tan rebelde.

Estaba tan concentrada en los mensajes que, cuando se quiso dar cuenta, se encontró en la Quinta Avenida. Y, mientras admiraba el escaparate de una boutique, sonó el teléfono.

—¿Dígame?

—Hola, Carla. Soy Darren.

Carla se sintió enormemente decepcionada, porque esperaba que fuera Javier. Pero lo disimuló y dijo con entusiasmo:

—Hola, Darren. ¿Qué ocurre? ¿En qué te puedo ayudar?

—Sé que Javier se ha ido a Los Ángeles, pero esta noche voy a ver tres clubs donde podríamos rodar el anuncio, y he pensado que quizá te gustaría verlos.

Carla abrió la boca para rechazar su ofrecimiento, pero la perspectiva de pasar otra noche a solas le disgustaba tanto que cambió de idea.

—Bueno, no se puede decir que sepa mucho de clubs nocturnos, pero estaré encantada de acompañarte.

—¡Magnífico! ¿Te parece bien que pase a recogerte a las siete? Podemos comer algo por el camino.

–Me parece perfecto.

Cuando cortó la comunicación, Carla sonreía de oreja a oreja. Por primera vez en mucho tiempo, iba a hacer algo por iniciativa propia y con entera libertad. Pero se acordó de que su padre no había llamado todavía, y la sonrisa se le congeló en los labios.

Cansada de esperar su llamada, volvió a marcar su número. Y, esa vez, Olivio Nardozzi contestó.

–¿Qué quieres? –dijo sin más.

–Lo sabes de sobra. Te he dejado un mensaje en el contestador.

–¿Y qué? ¿Crees que voy a saltar como un perro cuando tú me lo pidas? Olvidas que yo soy el padre y tú la hija.

–Solo quiero hablar contigo, papá. Tenemos que encontrar la forma de solucionar esto.

Olivio soltó una carcajada, y ella frunció el ceño.

–¿Estás borracho? –continuó.

–Ten cuidado con lo que dices, *ragazza*. Puede que tengas todos los ases en la manga, pero conozco unos cuantos trucos.

–¿Qué significa eso?

–Que será mejor que hables con Santino y me lo quites de encima, porque si sigue metiendo las narices donde no lo llaman...

A Carla se le encogió el corazón.

–¿Qué vas a hacer, papá?

–Conceder una entrevista a la prensa. Una entrevista que publicarán aunque intente impedirlo –contestó Olivio–. ¿Quieres saber cómo murió tu madre? No te lo había dicho porque te quería ahorrar los detalles cruentos... pero, si estás tan empeñada, te lo diré cuando esté preparado. O puede que lo descubras tú misma en algún momento del futuro. En cualquier caso, espero que tengas tantas fuerzas para asumir la verdad como para exigirla.

–¿Qué estás insinuando?

Olivio cortó la comunicación. Carla se quedó tan sorprendida que se detuvo en seco en mitad de la acera; y Antonio, que caminaba a pocos pasos de distancia, se acercó y preguntó:

–¿Se encuentra bien, señorita?

–Sí, claro... –mintió.

Carla dio media vuelta y regresó rápidamente al piso de Javier. Estaba tan preocupada por la conversación que había mantenido con su padre que, cuando llegó, temblaba como una hoja. Y, al cabo de unos instantes, sonó el teléfono.

Esa vez, era Javier.

–¿Qué ha pasado, Carla?

–¿Qué? ¿Cómo has sabido...?

–Dímelo –la interrumpió.

Ella sacudió la cabeza e intentó aclararse las ideas.

–Se trata de mi padre. He hablado con él hace unos minutos.

–¿Y?

–Bueno...

Javier suspiró.

–Cuéntamelo de una vez.

–Olvídalo.

–¿Qué te ha dicho? –insistió él.

Carla respondió con una pregunta.

–¿Has impedido que publicaran esos artículos en *Vita Italia*?

–Sí. Te dije que lo impediría si contenían algo inconveniente para ti.

–Pues tengo que pedirte un favor.

–¿Cuál?

–Deja en paz a mi padre. Por lo menos, hasta que vuelva a hablar con él.

–No, nada de eso. Dime lo que está tramando y me ocuparé de ello.

–*No, questo è il mio problema. Io ne occupo io, non tu.*

–Me parece adorable que hables en italiano cuando estás preocupada, pero te equivocas. Este problema es tan mío como tuyo –afirmó él–. Olivio se parece mucho a mi padre. Es un hombre terriblemente egoísta, y te aseguro que las decisiones que tome tendrán efectos muy negativos para nosotros.

–¿Y qué vas a hacer? ¿Ayudarme a luchar contra él?

–Por supuesto que sí. En este caso, protegerte a ti es proteger mi empresa –respondió Javier–. ¿Qué te ha dicho, Carla?

–Algo bastante extraño, la verdad. Ha mencionado a mi madre. Se ha referido a la forma en que murió.

–¿Y cómo murió?

Ella soltó un suspiro.

–No lo sé, Javier. Yo no estaba allí, y mi padre siempre se ha negado a decírmelo. Pero, pasara lo que pasara, tuvo algo que ver conmigo.

–¿Contigo? ¿Cómo es posible?

–Javier, por favor... deja que lo averigüe a mi manera. Deja que vuelva a hablar con él.

–Lo siento, pero no te puedo prometer nada.

–Oh, maldita sea, ¿es que no...?

Por segunda vez en menos de media hora, Carla se quedó con la palabra en la boca. Javier había colgado.

Harta de aquella situación, se dirigió a su dormitorio, encendió el ordenador y escribió un mensaje de correo electrónico en un acto que resultó de lo más frustrante, porque solo podía escribir con una mano. Decía así:

Esta es mi oferta definitiva, papá; y no es negociable. Te cederé la casa de la Toscana y el treinta por ciento de mis beneficios actuales a cambio de que me digas la verdad sobre mamá y te abstengas de hablar con la prensa. Pero hay otra condición: que dejarás de ser mi director técnico.

Carla nunca había tenido una buena relación con su padre y, cuando envió el mensaje, pensó que era lo mejor que podía hacer. Había llegado el momento de asumir la realidad. Debía trazar una línea y huir de la acritud y el miedo que habían dominado su vida durante demasiados años.

La respuesta de su padre llegó cinco minutos después, y no pudo ser más corta: *Está bien, pero necesito el primer pago antes de quince días.*

Carla cerró el ordenador, profundamente deprimida. Acababa de llegar a un acuerdo económico con su padre para que la dejara en paz.

Siempre había soñado con tener un padre que la quisiera; pero, al final, no había tenido más remedio que asumir lo evidente: Olivio Nardozzi no la quería. Por algún motivo, era incapaz de quererla.

Tras pasear por el piso durante una hora, decidió

darse una ducha con la esperanza de que el agua caliente la ayudara a superar su tristeza. Y funcionó, pero solo un rato. En cuanto cerró el grifo, su mente retrocedió tres años en el tiempo y revivió una secuencia que habría preferido olvidar.

La competición que la iba a alejar de la Toscana durante varias semanas. La discusión con su padre cuando le pidió que le concediera un descanso antes del campeonato. La llamada a su madre para que interviniera en su defensa. Lo sucedido en Miami. La inesperada desaparición de Olivio y su vuelta igualmente inesperada durante la ceremonia de entrega de medallas, cuando la declararon campeona.

Pero, sobre todo, se acordó de dos cosas: de la súbita afirmación de que su madre había muerto y de la negativa de Olivio a decirle cómo.

Carla se puso una toalla alrededor del cuerpo y salió del cuarto de baño. Tenía frío. Un frío interno, derivado de las sospechas que albergaba. Dijera lo que dijera el certificado de defunción de su madre, sabía que había pasado algo más.

Se dirigió al vestidor y se quedó mirando la ropa, casi toda de colores claros. Pero no estaba de humor para esos tonos, así que optó por unos pantalones negros, unas botas negras y un top negro, que se puso sin sujetador. Luego, se recogió el cabello con un pasador de diamantes que había pertenecido a su madre, se pintó los labios y la raya de los ojos y caminó hasta la salida, a sabiendas de que Darren aparecería en cualquier momento.

El director creativo de Javier llamó al portero automático al cabo de un par de minutos. Carla salió del piso y bajó al portal del edificio.

–¡Guau! Estás impresionante.

–Gracias. Tú tampoco estás mal.

Darren sonrió y salió con ella a la calle, donde le dijo:

–¿Ese guardaespaldas nos va a seguir todo el tiempo?

–¿Te refieres a Antonio? No te preocupes por él. Es inofensivo y, cuando te acostumbras a su presencia, ni siquiera la notas.

–Bueno... si a ti te parece bien, a mí me parece bien –afirmó Darren–. He pensado que podríamos comer algo en un restaurante que está cerca de aquí. No te importa caminar, ¿verdad?

–No, en absoluto.

Se pusieron a andar, y entablaron una conversación de lo más amigable que se mantuvo durante la cena y durante el trayecto posterior a Manhattan, que hicieron en taxi.

–El primer club está en el centro –le informó Darren–. Me han dado unos pases, así que no tendremos que pagar nada.

Al llegar al club, que se llamaba Cuban, los llevaron a una zona reservada para clientes importantes y les informaron de que la casa los invitaba a todo lo que quisieran tomar. Carla pidió una copa y siguió hablando con Darren, que le contó historias de su infancia en Dublín hasta que apareció el dueño del establecimiento. Entonces, ella los dejó a solas y se fue a bailar a la pista.

Darren no le hizo esperar demasiado.

–¿Y bien? ¿Qué te parece? –preguntó al reunirse con ella.

Carla echó un vistazo a su alrededor. El elegante

club tenía todo lo que Javier pudiera desear para el anuncio de su tequila. Era adecuadamente latino y, al mismo tiempo, refinadamente urbano.

–Es perfecto para un rodaje –respondió con una sonrisa–. Y, por si eso fuera poco, me gusta la música que ponen.

–En ese caso, ¿bailas conmigo?

Ella se encogió de hombros.

–¿Por qué no?

Carla y Darren se abrieron paso entre la multitud de la pista de baile y se empezaron a mover. Él, que era un buen bailarín, se mantuvo al principio a una distancia respetable de su acompañante; pero se empezó a acercar cuando la música se volvió más romántica.

–Eres increíblemente bella, ¿lo sabías? –le susurró al oído.

Carla se ruborizó.

–*Grazie*...

Darren le puso las manos en la cintura.

–Adoro tu acento italiano. De hecho, no hay nada en ti que no me parezca... Oh, no, maldita sea...

–¿Qué ocurre? –preguntó, sorprendida.

–¿Carla?

La voz que acababa de oír era la de Javier. Y no parecía precisamente contento. Tenía los puños apretados, y su pecho subía y bajaba como si estuviera a punto de perder el control.

–¿Qué estás haciendo aquí? –preguntó ella, dando un paso atrás.

En lugar de responder a su pregunta, Javier clavó la vista en los ojos de Darren y dijo:

–Si aprecias tu vida, será mejor que apartes las manos de Carla.

Darren la soltó con una rapidez casi cómica.

—Javier, yo...

—Márchate. Ahora mismo —ordenó.

—¡Javier! —protestó ella—. ¡No puedes...!

—Claro que puedo.

Darren se giró hacia Carla como si quisiera disculparse, pero su jefe lo miró de tal manera que cambió de opinión y desapareció al instante.

—Tienes dos minutos —dijo entonces Javier.

Ella arqueó una ceja.

—¿Dos minutos? ¿Para qué?

—Para recoger tu bolso, si es que has traído. De lo contrario, nos iremos sin él.

—¿Y por qué piensas que quiero ir contigo a alguna parte?

A Javier le brillaron los ojos.

—*Principessa*, te recomiendo que, por una vez en tu vida, hagas lo más conveniente para ti. Estoy a punto de perder la paciencia, y es mejor que no discutamos en un lugar público, delante de todo el mundo.

Carla se dio cuenta de que la gente los estaba mirando, y pensó que tenía razón. Teóricamente, las normas del club impedían hacer fotos en el interior del establecimiento, pero eso no significaba que no hubiera alguien dispuesto a hacerlas.

—Si pasara algo, la culpa sería enteramente tuya, Javier. Estás dando un espectáculo.

Él guardó silencio una vez más. Carla bufó y se fue en busca del bolso, que recibió de manos de Antonio; pero su obediencia terminó ahí y, cuando salieron del club, se alejó a toda prisa de Javier.

Solo había dado unos cuantos pasos cuando él la alcanzó y la detuvo.

–¿Adónde crees que vas? –preguntó con ira.

–A cualquier sitio, pero sin ti.

–Será mejor que reconsideres tu actitud, Carla.

–¿Que la reconsidere? –bramó ella–. Hazme un favor, Javier... ¡Déjame en paz!

Carla se fue por un callejón lateral, y descubrió algo que no se imaginaba: que no tenía salida. Javier apareció momentos después, caminando con la lentitud de un depredador.

–No me asustas, Santino –mintió ella.

Él soltó una carcajada.

–Lo sé, querida mía. Además, los dos sabemos que no huyes de mí porque me tengas miedo, sino por un motivo distinto –dijo–. Pero no te preocupes, princesa, estás de suerte. Te voy a dar exactamente lo que necesitas.

Capítulo 9

JAVIER entrecerró los ojos mientras la miraba. Ni siquiera sabía por qué estaba tan enfadado. Quizá, porque se le había encogido el corazón cuando volvió al ático y descubrió que se había ido. O quizá, porque la deseaba mucho más de lo que le habría gustado.

Pero, fuera por el motivo que fuera, estuvo al borde de perder el control cuando ella torció el gesto y dijo, desafiante:

—Como de costumbre, no sé de qué demonios hablas. Y tampoco me importa.

Él pasó la vista por sus piernas, embutidas en un pecaminoso pantalón de cuero negro, y la clavó después en la prenda del mismo color que ocultaba sus senos. Era evidente que no llevaba sujetador, y se excitó a su pesar.

—¿Por qué me miras así, Javier? Puede que no lo sepas, pero es algo normal y corriente. Se llama ropa —se burló.

Él dio un paso adelante. Ella dio un paso atrás y se encontró de espaldas contra la pared.

—Al volver a casa, he visto que te habías ido. Sin dejar una nota ni llamarme por teléfono —empezó a decir—. Si no hubiera sido por Antonio, no habría sabido dónde estabas. Y, cuando por fin te encuentro, te comportas como si yo fuera tu peor enemigo.

Ella respiró hondo.

—¿Y qué esperabas? Cortaste la comunicación cuando estábamos hablando y me dejaste con la palabra en la boca. ¿Creías que me iba a quedar allí, acurrucada en un rincón y llorando como una tonta?

—Estaba en mitad de una reunión, y no tuve más remedio que cortar —se excusó él—. Pero después la suspendí y volé directamente a Nueva York. Además, si te hubieras molestado en mirar el teléfono, te habrías dado cuenta de que te llamé más tarde.

Carla frunció el ceño.

—¿Cómo? No tengo ninguna llamada perdida.

—¿Seguro que no? Comprueba tu móvil.

Ella metió la mano en el bolso y sacó el aparato. Javier tenía razón.

—Pues no lo entiendo. Será que has llamado cuando estaba en el club y no lo he oído.

—Sí, supongo que ha sido eso. Estabas tan ocupada en la pista de baile, restregándote contra Darren, que no has oído nada.

Carla empezó a perder la paciencia.

—¡Yo no me estaba restregando contra nadie! Estábamos trabajando en tu preciosa campaña de publicidad. Y, aunque no fuera así, ¿a ti qué te importa? No sería asunto tuyo —afirmó—. A no ser que el contrato que firmamos incluya la obligación de mantener un estricto celibato mientras trabaje para ti. Y no recuerdo que la incluya.

Él se puso tenso.

—¿Es que te ibas a acostar con él?

Carla se puso roja como un tomate.

–Como ya te he dicho, eso no es asunto tuyo. Pero eso carece de importancia, porque te has encargado de arruinarme el día y la diversión.

Javier le puso las manos en los hombros.

–¿La diversión? ¿Eso es lo que estabas buscando? –preguntó–. ¿Querías desplegar las alas, por así decirlo? ¿Tener una aventura sexual?

–No... yo no...

Javier no oyó lo que decía. Su atención estaba absolutamente concentrada en sus deliciosos labios, pintados de rojo. Eran tan embriagadores que quebraron su ya escasa capacidad de resistencia.

Bajó las manos, las cerró sobre su estrecha cintura y a continuación inclinó la cabeza y la besó tan brusca y apasionadamente como si fuera un castigo: por todo el tiempo que perdía pensando en ella, por la angustia que había sentido cuando le habló de su padre, por no estar a su lado para animarla cuando hablaron por teléfono. Y, sobre todo, porque empezaba a pensar que no era la mujer fría y traicionera que se había imaginado cuando se fue aquella mañana de su casa de Miami.

La reacción de Carla no pudo ser más contradictoria. Al principio, se resistió; pero, al cabo de unos segundos, se abrió a Javier y se entregó a sus besos con la pasión de siempre. Luego, él le acarició los pechos y llevó las manos a sus nalgas mientras ella le pasaba los brazos alrededor del cuello.

Javier estaba terriblemente excitado. Había llegado al club con intención de hablar con ella sobre un plan que se le había ocurrido, uno de carácter estrictamente profesional. Pero, al verla con Darren, contoneándose como una criatura lujuriosa, sus buenas intenciones saltaron por los aires.

Aquella no parecía la mujer con la que había hablado por teléfono. No había en ella el menor rastro de tristeza o angustia. Se lo estaba pasando maravillosamente bien, y en compañía de su director artístico.

En ese momento, Carla se frotó contra él y consiguió que la sangre le hirviera en las venas. Desesperado, le levantó el dobladillo del top y le acarició el estómago con tanta delicadeza que ella gimió. En respuesta, Javier le abrió los pantalones, introdujo una mano por debajo de sus braguitas y la masturbó brevemente.

Carla soltó un grito ahogado.

–¿Esto es lo que querías, *principessa*? ¿Un poco de diversión?

–Yo...

Él volvió a mover los dedos entre sus piernas.

–*Dio mio... per favore...*

Javier la miró a los ojos y supo que tenía que hacerla suya. Ya no le importaba nada más. Nada en absoluto.

–Vas a tener la oportunidad de desplegar tus alas. Pero las vas a desplegar conmigo y solo conmigo. ¿Lo has entendido?

–*Tu sei pazzo* –susurró Carla.

–No, no estoy loco –dijo él–. Si quieres empezar una nueva vida, adelante; pero, si crees que me voy a cruzar de brazos mientras te entregas al primer cretino que pasa, estás completamente equivocada.

–Oh, Javier...

–Acabo de incluir una cláusula nueva en nuestro

contrato –prosiguió, implacable–. A partir de ahora, yo seré el único hombre que te dé placer.

Carla apoyó la cabeza en la pared. Javier la había excitado de tal manera que jadeaba.

–Por Dios, ¿tenemos que hablar de eso ahora? –preguntó con los ojos cerrados.

Javier la acarició nuevamente y dijo:

–Abre los ojos, querida. Cerrarlos no sirve de nada. Esto no es un cuento donde el monstruo desaparece si no lo miras.

Ella obedeció. Él le pasó la lengua por los labios y, mientras se la pasaba, introdujo un dedo en su húmedo sexo.

–Eres mía, exclusivamente mía, hasta que yo diga lo contrario.

Carla se estremeció una vez y, acto seguido, otra. Javier había aumentado el ritmo de sus atenciones, y la estaba acercando peligrosamente al orgasmo.

–*Per favore...* –volvió a rogar ella–. Por favor...

Él introdujo el dedo más hondo en su interior, y ella alcanzó el clímax segundos después.

De fondo, se oía el ruido del tráfico y las voces ahogadas de la gente que pasaba por la calle principal, pero lo único que Javier podía oír eran los gemidos y la respiración agitada de Carla Nardozzi.

Tras unos minutos de quietud, él dio un paso atrás, le cerró los pantalones y le bajó el top.

–¿Puedes caminar?

Ella asintió con debilidad.

–Sí.

Javier le dio un beso en la frente y le pasó un brazo por encima de los hombros antes de sacarla del callejón, en cuyo extremo esperaban Antonio y la limusina.

Ya en el coche, Carla se apretó contra su pecho y cerró los ojos otra vez. Estaba tan callada que parecía dormida, pero Javier no se dejó engañar. Era absolutamente consciente de que, de cuando en cuando, le lanzaba miradas subrepticias.

—Podemos hablar ahora o dejarlo para mañana, como quieras. Pero mis condiciones seguirán siendo las mismas.

Ella se incorporó y se alejó un poco.

—¿Por qué, Javier?

—¿A qué te refieres?

—¿Por qué me deseas?

Él se rio.

—Si conociera el secreto de la atracción sexual, sería un hombre mucho más rico de lo que soy —dijo, pasándole una mano por el pelo—. Solo sé que te deseo con todas mis fuerzas, y que tú me deseas a mí.

—Por mucho que te desee, no pienso firmar un contrato de carácter sexual —le advirtió—. Es ir demasiado lejos.

Javier sonrió y cambió de conversación.

—He vuelto a hablar con tu padre, ¿sabes? Por lo visto, cree que estás a punto de llegar a un acuerdo nuevo conmigo.

—¿Un acuerdo nuevo?

—Sí, ha mencionado algo sobre una participación en tus beneficios.

—Ah, te refieres a eso —dijo ella—. Yo también he hablado con él, y le he ofrecido una especie de trato.

—Uno beneficioso para tu padre, supongo.

—Supones bien. Se llevará un porcentaje de mis ganancias a cambio de poner fin a nuestra relación profesional y de que me diga la verdad sobre la muerte de mi madre –explicó–. Tendremos que incluir una cláusula nueva en nuestro contrato, para que él reciba el treinta por ciento que le he prometido.

Javier se sintió extrañamente cerca de Carla; y era lógico, porque él también había sufrido mucho por su madre. Pero su simpatía se esfumó cuando se volvió a acordar de que la había encontrado en brazos de Darren.

–Mañana nos encargaremos de esa cláusula –dijo con frialdad–. Si me das lo que quiero, por supuesto.

Ella arqueó una ceja.

–Y, antes de que vuelvas a fingir que no me deseas –continuó él–, recuerda que te podría haber tomado en un callejón, tantas veces como me diera la gana, y tú me habrías rogado que te tomara otra vez.

–Sabes que eso no es verdad.

–Oh, vamos, pongamos las cartas sobre la mesa. No quiero que haya más malentendidos ni más mentiras entre nosotros –declaró Javier–. Así que trágate tu orgullo y ahórrame la excusa de que no pensabas con claridad.

Ella parpadeó.

–¿Y si no estoy de acuerdo?

–Bueno, teniendo en cuenta que tu padre seguirá con sus maquinaciones y terminará por dañar los intereses de mi empresa, te haré responsable de los daños económicos que nos pueda causar –contestó.

Carla quiso protestar, pero el coche se detuvo justo entonces y Javier la sacó del vehículo a toda prisa.

–Consúltalo con la almohada y dame una respuesta cuando te levantes. Sé que elegirás lo más conveniente.

–Pareces muy seguro al respecto.

Él se encogió de hombros.

–Es normal que lo esté. Además de mis atenciones sexuales, recibirás el beneficio añadido de saber que tu padre dejará de amenazarte cuando sepa que eres mía y solo mía.

–¿Esas son mis opciones? ¿Elegir entre mi padre y tú?

–Lo son desde hace tiempo, *principessa* –puntualizó Javier–. Solo espero que apuestes por el caballo ganador.

Al llegar al ático, Javier abrió la puerta y la tomó de la mano. La encontraba tan deseable que se arrepintió de haberle concedido la noche para que pudiera pensar. Habría dado cualquier cosa por hacer el amor con ella.

Sin embargo, la decisión estaba tomada y, cuando Carla huyó a su dormitorio, Javier se recordó que solo tenía que esperar un poco más.

La mañana llegaría enseguida.

Y entonces, Carla Nardozzi sería suya.

Carla pensó que no sería de Javier ni en un millón de años.

No en esas circunstancias.

Pero tenía que haber otro modo, así que consideró la posibilidad de hablar con Draco para que la ayudara a conseguir un acuerdo distinto. Desgraciadamente, su amigo ya había hecho todo lo que podía hacer. Además, su acuerdo con Javier Santino era bilateral, un asunto entre ella y él. Y, por otra parte,

Javier no le habría perdonado que acudiera al hombre al que, supuestamente, intentaba dar celos cuando se acostaron en Miami.

Aquella noche, tardó un buen rato en conciliar el sueño. Intentaba convencerse de que Javier no tenía razón, pero la tenía. Si hubiera querido tomarla en el callejón, se lo habría permitido y le habría pedido más. No tenía más remedio que asumir la verdad. El momento de las mentiras había pasado. Sin embargo, eso no significaba que estuviera dispuesta a presentar su rendición incondicional.

Carla sabía que, si las circunstancias hubieran sido distintas, se habría entregado a Javier y a su propio deseo sin dudarlo un segundo. Le gustaba demasiado como para negarse ese placer; especialmente, porque lo había probado y quería experimentar más. Pero era una pena que el hombre que la volvía loca estuviera decidido a castigarla por un error del pasado.

Por fin, el cansancio empezó a hacer mella y los ojos se le empezaron a cerrar. Para entonces, Carla ya sabía que, en cuestión de pocas horas, aceptaría el ofrecimiento de Javier y se convertiría en su amante habitual.

No podía hacer nada al respecto, de modo que cerró los ojos y dejó de pensar.

–Ah, ya te has despertado. Buenos días, *principessa*. Me alegra saber que no voy a desayunar solo.

Carla tuvo que refrenarse para no replicar que ella había desayunado sola casi todos los días desde que llegaron a Nueva York. Conocía a Javier, y era consciente de que su tono amable no implicaba que estuviera de buen humor.

Cruzó la sala en silencio y se sentó a la mesa. Javier le apartó un mechón de pelo de la cara en un gesto absolutamente inocente, pero ella se estremeció como si hubiera sido intensa y profundamente sensual.

—He tomado una decisión —anunció.

—Excelente, pero prefiero que me lo digas después de desayunar. De ese modo, nos evitaremos un dolor de estómago si terminamos discutiendo.

Javier hizo un gesto a Felipe, su mayordomo. El hombre se acercó con discreción y dejó una bandeja que contenía café, leche, fruta y un plato con tostadas, además de mermelada y mantequilla. Carla sonrió al mayordomo y, antes de que pudiera empezar a comer, Javier alcanzó una rodaja de piña, la cortó en varios trozos y le llevó uno a la boca.

Ella aceptó el ofrecimiento y siguió absolutamente callada hasta que terminaron de tomar el café. Entonces, él se levantó, dejó su taza vacía en la mesa y dijo:

—Ha llegado el momento de hablar.

Javier la llevó al salón. Aquel día se había puesto unos vaqueros y una camisa blanca, que le daban un aspecto relativamente desenfadado; pero Carla sabía que el aspecto de Javier no indicaba nada: era un hombre de negocios, y no dejaba de serlo en ninguna situación.

A pesar de ello, se sorprendió un poco cuando, en lugar de detenerse en el salón, él siguió adelante y salió a la enorme y preciosa terraza.

—¿Y bien? ¿Qué has decidido?

Carla carraspeó.

–He decidido que acepto tus condiciones. Seré tu... bueno, como tú lo quieras llamar. No sé qué término te parece mejor.

–Serás mía. Ese es el término adecuado. Mía.

Ella asintió y dijo en voz baja:

–De acuerdo. Seré tuya.

Carla no sabía qué esperar. ¿Daría un salto de alegría? ¿Pegaría un grito en señal de victoria? En principio, no parecían reacciones propias de Javier; pero tampoco se imaginaba que se limitaría a llamarla con tono imperioso.

–Ven aquí –ordenó.

Ella obedeció, resignada. Un segundo después, se encontró entre sus brazos y apretada contra su viril pecho. La abrazaba con tanta fuerza que casi no podía respirar, y de un modo tan intenso que se excitó sin poder evitarlo.

De repente, se sintió como si flotara. Y no deseaba otra cosa que retomar lo que habían dejado inconcluso en el callejón.

Sin embargo, Javier no parecía tener ninguna prisa. Alzó un brazo, le quitó la cinta con la que se había recogido el pelo y, tras soltárselo, le puso la mano en la nuca y la empezó a acariciar. Fue un masaje tan inesperado como tranquilizador, pero no tan desconcertante como lo que ocurrió a continuación: que Javier le inclinó la cabeza y la apretó contra su pecho.

¿Cómo era posible que se sintiera segura y a salvo en semejante situación? No tenía ningún sentido. Aquel hombre le acababa de robar su libertad. La había extorsionado para convertirla en su amante. Y, a pesar de ello, se sintió extrañamente feliz.

–Eres mía –dijo él tras un silencio que se extendió durante varios minutos.

Carla estaba tan abrumada que ni siquiera le oyó. Se le acababa de ocurrir una idea completamente disparatada. ¿Qué pasaría si aquello no era una simple atracción sexual, sino algo más profundo? ¿Qué pasaría si era amor?

Javier la soltó al cabo de un momento y sacó su móvil.

–Mis abogados incluirán la cláusula correspondiente en el contrato y lo traerán al mediodía para que lo firmemos. Le pediré a Felipe que ejerza de testigo –dijo con total naturalidad–. Doy por sentado que esta vez no querrás un periodo de gracia, porque sería absurdo que retrasemos lo inevitable.

Carla se cruzó de brazos.

–Sí, sería absurdo.

–En ese caso, estamos de acuerdo. Pero déjame añadir que no va a ser algo temporal, de lo que puedas escapar a corto plazo.

–¿Estás seguro de eso? Nunca estás demasiado tiempo con una mujer. Supuse que solo me querrías durante una o dos semanas, como mucho.

Él marcó el número de teléfono de su bufete de abogados y, acto seguido, se acercó a ella y le pasó un dedo por el labio inferior.

–He esperado tres años para tenerte otra vez, Carla. Si crees que la nuestra va a ser una relación breve, te engañas a ti misma.

Antes de que ella pudiera protestar, él se dio la vuelta y se puso a hablar por teléfono.

Carla no sabía si debía estar contenta o deprimida. Durante la interminable noche anterior, se había con-

vencido a sí misma de que Javier solo la querría durante unas semanas, lo justo para vengarse de ella y
divertirse un poco. Pero era evidente que se había
equivocado. Y eso cambiaba las cosas, aunque en un
sentido que ni siquiera alcanzaba a adivinar.

Minutos más tarde, él se le acercó por detrás y le
dio un beso en el cuello.

–Me tengo que ir a la oficina. Si necesitas alguna
aclaración sobre el contrato, llámame. De lo contrario, nos veremos esta noche en el aeropuerto. Le he
pedido a Felipe que te prepare las maletas.

Ella lo miró con perplejidad.

–¿En el aeropuerto? ¿Adónde vamos?

–A Miami.

–A Miami –repitió Carla, recordando su primera
noche de amor.

–Sí, exactamente.

–¿Es algún viaje de negocios? Y, si lo es, ¿por qué
quieres que te acompañe?

Él le dio un beso y contestó:

–No es un viaje de negocios, amante mía, sino de
placer. A fin de cuentas, tengo dos cosas importantes
que celebrar. La primera, que has vuelto a mi cama y
la segunda, mi cumpleaños. Es dentro de quince
días.

Capítulo 10

LA CASA de la playa era tan bella y lujosa como Carla recordaba. Blanca y de tres pisos de altura, estaba situada en mitad de una enorme propiedad que incluía un helipuerto, donde su aparato tomó tierra aquella noche.

Javier la llevó al interior de la casa y le presentó a los seis miembros de la plantilla. Después, él se puso a hablar con su ama de llaves, una mujer mayor de curvas exuberantes, y ella se dedicó a mirar hacia el gigantesco salón principal, que estaba tras unas puertas dobles. Habían pasado tres años desde su visita anterior, pero lo recordaba muy bien. Era el sitio donde sus miradas se habían cruzado por primera vez.

—¿Qué haces? ¿Rememorar el pasado? —preguntó él súbitamente—. ¿No crees que deberías esperarme antes de iniciar un viaje por una experiencia tan espectacular?

Carla se sintió incómoda por el tono sensual de Javier, pensando que sus empleados seguirían en el salón y que lo habrían oído. Pero se habían marchado sin que ella se diera cuenta.

—Bueno, tampoco tiene importancia —continuó él—. Tengo intención de reemplazar esos recuerdos por otros más agradables.

–¿Por eso me has traído a Miami? ¿Para reescribir la historia?

–Cambiar la historia es imposible. Pero eso no significa que no lo puedas hacer mejor la segunda vez.

–¿Te ha dicho alguien que eres insoportablemente arrogante?

Él sonrió y respondió con una pregunta:

–¿Te ha dicho alguien lo deliciosa que estás cuando te pones agresiva para disimular tu nerviosismo?

Ella hizo un gesto de desdén.

–No seas ridículo...

Javier la tomó de la mano de repente y la llevó al salón, que era espectacularmente bello. Una vez allí, se detuvo y la miró con dureza.

–Te comportas como si aún fueras una jovencita virgen. Deja de actuar, Carla. No me preocupan los amantes que has tenido desde que nos conocimos, ni te voy a interrogar al respecto. Pero, si crees que puedes jugar conmigo y hacerte pasar por una damisela en apuros, cometes un error.

Carla apartó la mirada.

–Sabes perfectamente que me gusta que me miren a los ojos cuando hablo –prosiguió Javier.

Ella sacudió la cabeza.

–Maldita sea... ¿No podrías olvidar lo que pasó entre nosotros?

–No, no lo voy a olvidar –contestó él–. Pero, de momento, nos podemos concentrar en la cena. Constanza la está preparando.

–No tengo hambre. He comido más tarde de la cuenta.

–Lo sé, pero me han informado de que apenas

tocaste el bocadillo que Felipe te preparó –dijo Javier–. Sé sincera por una vez. ¿Qué te pasa? ¿Qué es lo que te preocupa de verdad?

Ella suspiró.

–Yo... yo no...

–¿No, qué? ¿Qué ibas a decir? ¿Que no me deseas?

Carla dudó. Si le decía que lo deseaba, se metería en un terreno peligroso. Pero tampoco quería mentir.

–Javier, por favor...

Antes de que Carla pudiera terminar la frase, Javier la arrastró hasta el lado contrario del salón y la introdujo en el ascensor de la casa, que estaba tan bien disimulado que se camuflaba con la decoración general. Carla intentó apartarse de él, pero no pudo. La tenía atrapada entre sus brazos.

Momentos después, las puertas del ascensor se abrieron.

Ella no había olvidado la belleza de su dormitorio principal; pero tres años antes estaba tan embriagada con Javier que no había prestado demasiada atención a los detalles. En cambio, esa vez se obligó a sí misma a mirar. Entre otras cosas, porque era mejor que enfrentarse a sus turbulentas emociones.

El techo retráctil, que dejaba ver el cielo de noche, seguía sobre sus cabezas. Las paredes aún tenían dos cuadros de pintores renacentistas, evidentemente originales. Y, en el espacio existente entre la habitación y el salón privado de Javier todavía estaba el piano que sostenía una fotografía enmarcada.

Carla no había tenido ocasión de ver la foto, pero sospechaba que era de su madre. Y tampoco tuvo ocasión en ese momento, porque Javier la llevó a la cama.

–Insistes en negar lo que hay entre nosotros. Quieres que te obligue a confesarme que me deseas, para poder encerrarte en tu interpretación de ser desvalido y convencerte a ti misma de que solo eres una víctima de las circunstancias.

–No, Javier...

–Me temo que sí –dijo con una voz tan dulce como letal–. Pero, antes de que acabe esta noche, me rogarás que te haga el amor. Y lo seguirás rogando después.

Javier cerró las manos sobre el dobladillo del vestido de manga larga que se había puesto y se lo quitó por encima de la cabeza. Carla se quedó sin más indumentaria que las braguitas de color naranja, el sujetador a juego y sus zapatos de plataforma.

–Por lo menos, no llevas ropa interior de color blanco. Habría sido pasarse un poco, ¿no crees? Demasiado inocente para ti.

Ella se estremeció bajo la intensa mirada de Javier, que se clavó después en sus senos. Era tan sexual, tan primaria, que la excitó al instante. Y, cuando él se puso a su espalda y se quedó allí en silencio, sin decir nada, se sintió tan maravillosamente inquieta que se le puso la carne de gallina.

–Eres exquisita.

Javier le soltó el cabello, y los largos mechones cayeron sobre sus hombros.

–No me gusta que te recojas el pelo. Prefiero que lo lleves suelto, para introducir las manos en él y acariciarlo cuando me apetezca, como estoy haciendo ahora. A partir de hoy, no te lo volverás a recoger. ¿Entendido?

Ella se estremeció.

–Sí.

Javier le dio la vuelta entonces y dijo:

—Bésame.

Carla tragó saliva, se dio la vuelta y se alzó lo justo para besarlo en los labios. Pero, al sentir su contacto, toda la tensión que había ido acumulando se liberó de golpe y la empujó a asaltar su boca sin contemplaciones.

Javier era una especie de droga, que no se podía dejar después de haberla probado. Era demasiado ardiente, demasiado viril, demasiado acorde a lo que Carla necesitaba. Y había dejado de tener miedo. Se sentía libre, capaz de cualquier cosa.

Él puso las manos en sus caderas, las llevó a sus nalgas y luego, en un movimiento que a Carla le pareció sorprendentemente erótico, la frotó contra su erección, avivando la necesidad que ardía entre sus muslos.

Incapaz de refrenarse, Carla lo besó con renovado vigor. Y, cuando pensaba que ya no lo soportaba más, que iba a arder en aquel fuego, él la tomó en brazos y la llevó a la cama, donde la tumbó.

Carla se quedó mirando mientras Javier se quitaba la ropa. Era un hombre impresionante, todo músculo, sin un gramo de grasa. Y, si su cuerpo le parecía magnífico, su sexo la dejó sin aliento. Incluso más que la primera vez.

Javier la liberó entonces de su ropa interior y abrió el cajón de la mesita de noche para sacar un preservativo. A continuación, se tumbó con ella y se dedicó a acariciarle y succionarle los senos, sin prisa alguna. Carla se empezó a arquear, empujada por las oleadas de placer. Y, cada vez que gemía, él renovaba sus atenciones con más intensidad que antes.

–Ah, *Dio*...

Carla estaba casi al límite. Faltaba muy poco para que llegara al clímax, y se lo hizo entender con movimientos sinuosos que no dejaban lugar a dudas. Entonces, él se apartó de sus pechos, descendió lentamente y, tras bajar la cabeza, le pasó la lengua por la parte más sensible de su ser.

Pero no siguió.

Se detuvo y la miró a los ojos.

–Dime que lo deseas. Dime que siga. No quiero que sigas fingiendo.

Ella le devolvió la mirada.

–Lo deseo –dijo–. Sigue, por favor...

Él le pasó las uñas por el vientre, arrancándole otro estremecimiento.

–Dímelo otra vez.

–Te deseo, Javier –susurró.

Él lamió una vez más, justo sobre su clítoris. Y continuó lamiendo, concentrando toda su habilidad y toda su fuerza de voluntad en el objetivo de darle placer.

Carla regresó al sendero ascendente del orgasmo, al que llegó al cabo de unos momentos. Y, cuando empezaba a descender, oyó el sonido de un plástico que se rompía: el del envoltorio del preservativo.

Acababa de experimentar un placer y estaba a punto de experimentar otro, más profundo y decadentemente magnífico.

Javier se puso sobre ella y le apartó el brazo de la muñeca rota para no hacerle daño sin querer. Luego, le separó las piernas, apoyó todo su peso en los codos y la miró a los ojos con su intensidad de costumbre.

–¿De quién eres? –preguntó.

–Tuya. Soy tuya.

Él la besó en los labios y la penetró con una acometida rápida.

Su ritmo fue firme, y no dejó de mirarla en ningún momento. Carla quería apartar la vista, casi con miedo a lo que pudiera ver en sus ojos; pero él la mantenía presa de su atención feroz, no menos abrumadora que la fricción de su sexo.

La tensión aumentó. Los gemidos de Carla se mezclaron con los de Javier, formando una especie de letanía erótica.

–Oh, Carla...

Javier no hizo nada especial. Nada que no estuviera haciendo ya. Pero, al oír su nombre, Carla supo que, aunque aquello pareciera un simple acto de pasión, escondía un sentimiento inmensamente más hondo.

Y tuvo pánico.

–Javier, *non posso*.. Yo...

Javier no se podía detener. Había ido demasiado lejos, y la cercanía del orgasmo había destruido el escaso control que le quedaba.

Se preguntó si había hecho lo correcto al llevarla allí, a la casa donde lo había rechazado de un modo tan brutal. Pero, en ese instante, no habría querido estar en ningún otro sitio. La tenía donde la quería: en su cama, con él, con los ojos llenos de deseo.

Con un último esfuerzo, redobló las acometidas hasta que ella soltó un grito y cayó en el torbellino del placer. Solo entonces, él se dejó llevar y se deshizo en Carla entre movimientos desesperados.

Luego, hundió la cabeza en su pelo e intentó no

pensar. No sabía lo que le estaba pasando, pero había empezado a sentir cosas desconcertantes. Se sentía en la absurda necesidad de protegerla y de darle afecto; una necesidad que no entendía, y que tampoco quería entender. Carla estaba en su cama. Era lo único que importaba.

Se incorporó un poco, admiró su cara durante unos segundos y le dio un beso en los labios antes de levantarse para tirar el preservativo. Cuando volvió, ella se había puesto de lado, dándole la espalda. Pero Javier no se preocupó, porque sabía que esa vez no iba a huir. Su respuesta física había sido absolutamente sincera. Era evidente que lo deseaba.

Se tumbó a su lado y la atrajo hacia él. Carla le puso la mano herida en el pecho y lo miró a los ojos una vez más.

–Duerme, querida. Duerme si te apetece –dijo Javier–. Has pasado el primer examen con nota alta.

–Soy tan feliz... –dijo ella, a punto de quedarse dormida.

Javier se quedó tan desconcertado que, varias horas después, seguía despierto. ¿Qué estaba pasando allí? ¿Qué significaban las palabras de Carla? ¿Por qué le habían emocionado? ¿Había cometido el mismo error de la primera vez? ¿Se estaba encaprichando de una mujer que, al final, volvería a rechazarlo?

No encontró respuestas y, como empezaba a estar harto de sus propios pensamientos, se levantó y se dirigió a la cocina, donde asaltó el frigorífico.

Volvió a la cama al cabo de un rato. Cuando ya había saciado su hambre.

Carla se despertó tumbada sobre Javier, y supo que estaba despierto porque le acariciaba el cabello con movimientos largos y lánguidos. Recordaba perfectamente lo sucedido, y se alegraba mucho de haberse acostado con él. Sin embargo, también recordaba lo que había pasado tres años antes, cuando abrió los ojos una mañana soleada, muy parecida a aquella, y sintió pánico.

—Si estás dispuesta a olvidar el pasado, yo también lo estoy.

Carla lo miró con sorpresa. Por lo visto, estaban pensando en lo mismo. Y, aunque ardía en deseos de aceptar su ofrecimiento, de ocultar el polvo bajo la alfombra, se dijo que le debía una explicación.

—No, yo no quiero olvidarlo. Quiero explicarme.

Javier asintió.

—Muy bien. Te escucho.

Ella se mordió el labio inferior y empezó a hablar.

—Tú no lo sabes, pero te conocí durante la primera semana de libertad que había tenido desde la infancia. Me temo que mi vida cambió radicalmente a los doce años, cuando me aceptaron en un curso de patinaje artístico.

Javier frunció el ceño.

—Lo dices como si lo lamentaras.

—Porque lo lamento —le confesó—. Es lo único que hago bien, pero cuesta amar una cosa cuando sabes que, sin ella, no serías nada.

—¿Nada? ¿De qué estás hablando?

—¿Qué sería yo si no fuera una estrella del patinaje?

Él se encogió de hombros.

—Lo que quisieras ser.

Ella sacudió la cabeza.

—Soy lo que quiero ser, pero esa no es la cuestión.

—Entonces, ¿cuál es?

—Que no tuve la posibilidad de elegir. Puede que te parezca ilógico, pero...

—No, no me lo parece en absoluto. Sin embargo, sigo sin entender qué relación hay entre eso y lo que pasó entre nosotros.

Carla suspiró.

—Mi padre se opuso a que me marchara a Nueva York con Maria y Draco. Quería que volviera a la Toscana y me quedara con él durante mis vacaciones, como de costumbre —explicó—. Tuvimos una discusión de lo más desagradable, pero yo me negué a regresar. Y estaba aterrorizada por lo que pudiera hacer.

—¿Qué significa eso? ¿Es que te pegaba?

—No, no... pero me castigaba cuando desobedecía.

—¿De qué tipo de castigos estás hablando?

—Se encargaba de que mi entrenador aumentara las sesiones de trabajo. O me quitaba las cosas que más quería... Una vez, prestó mi caballo favorito a un vecino para que yo no pudiera montar.

Javier asintió, muy serio.

—Comprendo. Quería demostrar que estaba al mando.

—En efecto. Pero, hace tres años, cuando cumplí los veintiuno, me rebelé, me tomé dos semanas de vacaciones y me fui sin él. Pero eso no fue lo único que hice. Como no quería volver a la Toscana, llamé por teléfono a mi madre y le pedí que hablara con Olivio e intercediera en mi defensa.

—¿Y qué pasó?

–Bueno... –a Carla se le quebró la voz–. Mi padre me llamó cuando estaba en la fiesta que organizaste tú. Me dijo que le había decepcionado. Y me ordenó que dejara de meter a mi madre en nuestros asuntos.

–¿Que dejaras? ¿Es que lo habías hecho antes?

Carla tragó saliva.

–Mi madre nos dejó cuando yo tenía diez años. Yo había ganado un trofeo el año anterior, y me habían seleccionado para participar en el campeonato nacional, pero mi madre pensaba que era demasiado pequeña para someterme a entrenamientos tan intensos y, evidentemente, mi padre opinaba lo contrario. Empezaron a discutir, y las cosas se pusieron tan mal que, cuando ella se marchó, casi me sentí aliviada.

–¿Y no te llevó con ella? ¿Cómo es posible?

–Mi padre no se lo habría permitido. Él trabajaba en una fábrica y, cuando comprendió que yo tenía potencial, abandonó el trabajo y se concentró en mí. Yo era la salida que había estado buscando. Un billete para escapar de la pobreza y de una vida que no le gustaba –dijo con amargura.

–Pero volviste a hablar con tu madre a los veintiuno...

Carla asintió.

–Sí. Para entonces, mi padre me controlaba por completo. Y yo no lo podía soportar.

–¿Y por qué no te fuiste? Eras mayor de edad. Podrías haberlo despedido y haber contratado a otro.

Ella sacudió la cabeza.

–Acabábamos de firmar un contrato que me ataba a él durante cinco años. De hecho, es el contrato que dejará de estar en vigor cuando formalicemos nuestro acuerdo actual –declaró Carla.

–Y por eso acudiste a ella, claro. Porque era tu única opción.

–Exactamente. Mi madre me prometió que hablaría con mi padre, y cumplió su palabra. Se fue a la Toscana mientras yo venía a Miami –dijo–. Olivio me llamó durante tu fiesta, y te aseguro que no lo había oído tan enfadado en toda mi vida. Había algo en él que me asustaba, pero no le di importancia.

–¿Por eso te emborrachaste?

Ella asintió.

–Quería olvidar. Olvidarme de mi padre, olvidarlo todo.

Él guardó silencio.

–Javier, no me arrepiento de lo que pasó entre nosotros, pero...

–¿Pero?

–Habría hecho las cosas de otra manera si hubiera podido.

–¿De otra manera? ¿Qué significa eso?

–Entre otras cosas, que no me habría emborrachado.

–Bueno, puede que empezaras borracha, pero estabas completamente sobria cuando fuimos a mi casa –le recordó él.

Carla le acarició la mejilla.

–Sí, pero solo porque tú te encargaste de despejarme. Seguro que puedes imaginarte lo que habría pasado si hubiera estado con un hombre menos caballeroso.

–Francamente, prefiero no imaginarte con otros hombres.

–Solo era una metáfora.

Javier se encogió de hombros.

–Pues déjate de metáforas y atente a la historia.

–Está bien, como quieras. Cuando me desperté a la mañana siguiente, me odié a mí misma por haber utilizado a mi madre como parapeto y no ser capaz de enfrentarme a mi padre. Estaba muy enfadada, y no me porté bien contigo.

–Y me hiciste creer que querías poner celoso a Draco Angelis.

Ella se ruborizó.

–*Mi dispiace molto.*

–¿Y vuestras citas de Londres? ¿Y el beso que le diste en la Toscana?

–Fueron absolutamente platónicos. No estoy enamorada de Draco, Javier. No lo he estado nunca. Te lo prometo.

Javier la miró en silencio durante medio minuto y, a continuación, dijo:

–*Bene.*

Carla se sintió tan aliviada que lo besó. Y estuvieron así un buen rato, hasta que él retomó la conversación que habían interrumpido.

–Hemos empezado a salir del círculo vicioso. Si me das tu palabra de que serás mía, me olvidaré de todo lo demás.

–Soy tuya –afirmó Carla.

–¿Estás segura de eso?

–Lo estoy. Pero he cometido tantos errores, Javier... Durante años, me convencí a mí misma de que abandonaría a mi padre en cuanto pudiera. Y no fue así. Lo quería todo. Estaba empeñada en que mi padre, mi madre y yo podíamos volver a ser una familia de verdad. Me engañé miserablemente.

Él le dedicó una sonrisa cariñosa.

–Los sueños son importantes, Carla. El día en que dejamos de soñar, morimos. No te castigues por eso.

–¿Es que no lo entiendes? Quería demasiado. Y mi madre murió por mi culpa.

Javier se quedó atónito.

–¿Cómo? ¿Que murió por tu culpa? Pero si tú misma me has confesado que no sabes lo que pasó.

–Y es verdad, no lo sé –dijo ella–. Sin embargo, sé que seguiría viva si yo no le hubiera pedido que me ayudara. Le rogué que intercediera ante mi padre, y murió por eso.

Capítulo 11

JAVIER se apartó de ella, se sentó en la cama y apoyó la espalda en el enorme cabecero. Después, la ayudó a incorporarse un poco y le pasó un brazo por encima de los hombros.

—¿Insinúas que tu padre le hizo algo? Porque, de lo contrario, no tendría sentido que te tortures de esa manera.

—No lo sé. No sé qué pensar.

—Dime lo que sabes.

—No demasiado. Únicamente, que se fue a la Toscana para hablar con él y que no salió viva de allí. No supe que había muerto hasta una semana después de dejarte, tras participar en un campeonato en Suiza.

—Dios mío. ¿Es que Olivio no te lo dijo?

—Al parecer, se lo calló porque no quería que influyera negativamente sobre mi rendimiento deportivo. Me lo contó el día del entierro, y se limitó a añadir que había sido un accidente y que debía superarlo.

Carla no lo pudo evitar, rompió a llorar segundos después, y estaba tan alterada que quiso levantarse para salir de la habitación, pero Javier la abrazó con afecto.

—Quédate —dijo.

–No, yo...

–Son recuerdos dolorosos, y es normal que te entristezcan. No te avergüences de necesitar un hombro de vez en cuando donde llorar. Los dos sabemos que eres una mujer muy fuerte.

Ella se rio sin humor.

–¿Fuerte? Si eso fuera cierto, no habría esperado tres años para averiguar la verdad sobre el fallecimiento de mi madre. Ni habría cedido ante las exigencias económicas de mi padre a cambio de que me lo diga.

–Has hecho lo que podías hacer. Necesitas respuestas, y las has buscado a tu manera.

Carla se pasó una mano por el pelo.

–¿Por qué intentas conseguir que me sienta mejor? –preguntó, sinceramente sorprendida–. Soy la responsable de que tu madre no esté en su panteón familiar.

–Eso fue cosa de Olivio, no tuya. Antes no lo sabía, pero ahora lo sé. Y, por otra parte, yo tampoco soy del todo inocente. La dejé con Fernando durante años. Me desentendí de ella y me alejé todo lo que pude.

–Oh, vamos... supongo que te fuiste de su casa porque necesitabas vivir tu propia vida.

–Sí, pero también me fui porque me sentía decepcionado con ella. Pensaba que era una mujer débil, incapaz de romper con el hombre que la dominaba. Fui tan arrogante que la dejé sola y contribuí a que muriera sola.

Carla derramó una solitaria lágrima.

–¿Estás diciendo que los dos somos parcialmente responsables de nuestra propia angustia?

Él se encogió de hombros.

–Solo digo que debemos asumir el papel que desempeñamos. Pero sin dejarnos llevar por la amargura y, mucho menos, sin permitir que los verdaderos culpables terminen sin castigo –respondió.

Súbitamente, Javier se levantó de la cama y se alejó hacia el cuarto de baño.

–¿Qué va a pasar ahora? –preguntó ella.

–¿Ahora? En primer lugar, que nos daremos una ducha y, en segundo, que te llevaré a almorzar.

Una hora después, estaban en la autopista de South Beach. Javier conducía en silencio, entre enfadado y desconcertado con lo sucedido. Había dormido mal aquella noche, porque tenía miedo de que Carla se marchara otra vez a la mañana siguiente. Pero, en lugar de irse, le había abierto su corazón. Y, al abrírselo, lo había empujado a sentir cosas que ni siquiera se atrevía a analizar.

Sin embargo, tenía motivos para estar satisfecho. En esos momentos sabía que Carla no se había acostado con él tres años antes porque quisiera dar celos a Draco, y su deseo de venganza empezaba a desaparecer.

–¿Vas a estar callado todo el tiempo? –preguntó ella, preocupada.

Javier sintió la necesidad de tranquilizarla con algún comentario amable. Pero, al mirarla, se fijó en su muñeca rota y dijo:

–¿Sabes algo de la demanda contra Blackwell?

–Sí, los abogados me han dicho que el juicio será

dentro de tres semanas –contestó Carla–. Draco afirma que no necesitan mi testimonio. Todo está grabado en vídeo.

–¿Cuándo fue la última vez que hablaste con él?

–¿Te refieres a Draco? Ayer.

–Ah.

Javier volvió a guardar silencio. A pesar de lo que Carla le había contado, se seguía sintiendo incómodo cuando hablaba de su agente.

–Creo que fuisteis buenos amigos –comentó ella.

–¿Adónde quieres llegar?

–Lo sabes de sobra.

Él se encogió de hombros.

–Sé que has sido sincera conmigo, pero no puedo olvidar que le diste un beso en aquella gala.

–Por Dios, no me digas que sigues celoso. ¡Draco está profundamente enamorado de Rebel Daniels! –exclamó ella.

Javier apretó las manos sobre el volante.

–Ya, bueno. Veremos si es verdad cuando venga a mi fiesta.

–¿Lo has invitado a Miami?

–Falta poco para mi cumpleaños, Carla.

–Sí, pero pensaba que lo celebraríamos tú y yo, sin nadie más.

Él alcanzó su mano y se la besó.

–No sabes cuánto me gustaría, *principessa*, pero tengo que mantener mi reputación de juerguista –bromeó–. Además, Draco y su novia ya han aceptado mi invitación. Y será una ocasión perfecta para arreglar las cosas entre nosotros.

–¿Lo dices en serio?

–Por supuesto. Aunque no lo creas, puedo ser razonable.

Javier detuvo el coche ante un edificio plateado y de aspecto futurista que estaba enfrente de un parque. Después, esperó a que ella bajara y dijo:

–Perdóname por interrumpir nuestras vacaciones por culpa del trabajo. Te prometo que no tardaré mucho.

–¿Dónde estamos? –preguntó ella.

–En la sede de mi departamento de diseño. Han cambiado algunos detalles de la botella de tequila, y quieren que lo vea.

–Pensaba que el diseño actual era el definitivo.

–Y yo, pero la inspiración tiene estas cosas.

Carla lo siguió al interior de un ascensor, donde Javier la tomó entre sus brazos y la empezó a cubrir de besos.

–Quizá debería haber suspendido la reunión –declaró–. No se puede decir que sea precisamente oportuna.

–Quizá, pero no habrías sido capaz de suspenderla.

Él entrecerró los ojos.

–¿Qué insinúas?

–Que siempre dices que te vas a tomar un día libre, y luego no te lo tomas.

–Será porque necesito emociones fuertes. No soporto el aburrimiento –le confesó–. Pero, si tú te comprometes a ofrecerme esas emociones...

Ella le pasó los brazos alrededor del cuello.

–Bueno, podría hacer algo al respecto –dijo, tentándolo.

Por desgracia, la puerta del ascensor se abrió momentos después, y se encontraron en una sala enorme. Carla se fijó particularmente en la zona circular de descanso y en el alto objeto que estaba en mitad de la habitación, tapado con un paño de seda negro.

Tres ejecutivos se les acercaron al instante. Los tres eran jóvenes, y parecían decididos a causar una buena impresión a su jefe.

–Me alegro mucho de verlo, señor Santino –dijo el que estaba más cerca.

Javier los saludó y se dirigió al centro de la sala, sin soltar la mano de Carla.

–Tengo prisa, caballeros. Les agradecería que fueran breves en sus explicaciones.

–Por supuesto –dijo el mayor del grupo.

El hombre retiró el paño que cubría el misterioso objeto, y Carla se quedó boquiabierta. Era la nueva botella de tequila. Habían mantenido casi todos los detalles del diseño anterior, pero añadiendo curvas que le daban un aspecto tan indiscutiblemente femenino como familiar para ella.

–Buen trabajo, caballeros –dijo Javier–. Y ahora, si tienen la amabilidad de dejarnos a solas...

Los tres hombres se marcharon, y Carla miró a Javier con espanto.

–¡No puedes hacer eso!

–¿A qué te refieres?

–¡A eso! –reiteró, señalando la botella.

Él le puso las manos en la cintura.

–¿Por qué no? Eres mía. Te puedo inmortalizar

como yo quiera. Ahora, cada vez que toque la botella, pensaré en ti.

Carla tragó saliva.

—Oh, Javier...

Javier la besó apasionadamente y, al cabo de unos segundos, sacudió la cabeza y se quejó en voz alta.

—Maldita sea... debería haber dejado este asunto para otro día. Me gustaría hacer el amor contigo, pero no estamos en el lugar más adecuado.

—No, supongo que no.

Javier sonrió de repente y dijo:

—Es hora de irnos.

Momentos después, salieron del edificio; pero, en lugar de dirigirse al coche, Javier cruzó la calle y entró con ella en el parque.

—¿Adónde vamos? —preguntó Carla.

—A comer.

—¿A comer? Es un parque, aquí no hay restaurantes.

—No habrá restaurantes, pero hay puestos de comida.

Javier la llevó a un pequeño puesto con una radio en la que sonaban canciones de música cubana. Una vez allí, pidió dos bocadillos y dos botellas de agua mineral y, tras pagar la cuenta, se sentó con Carla en uno de los bancos del parque.

Ella probó su bocadillo y gimió.

—Dios mío... esto está buenísimo.

Javier sonrió de oreja a oreja.

—Hay pocos bocadillos tan buenos como los cubanos —comentó.

Carla dio otro bocado, ansiosa.

—Qué maravilla...

–Puede que sea cubano, pero a mí me recuerda a uno de los platos que preparaba mi madre.

–¿Por eso te gusta Miami? –se interesó ella–. ¿Porque te recuerda a tu hogar?

–Yo no tuve nunca un hogar. Tuve algo parecido a una prisión, donde mi madre se sobresaltaba llena de esperanza cada vez que llamaban a la puerta.

–Pero al menos te quería –alegó Carla–. ¿Es que eso no cuenta nada?

Él guardó silencio durante unos momentos, mientras comía. Luego, dejó el bocadillo a un lado y contestó:

–No cuando vives con el temor constante de que te abandonen. Mi padre jugaba muy bien sus cartas, y nunca se excedió hasta el punto de que ella lo dejara de querer. Como consecuencia, yo tenía la impresión de que se iría con él en cualquier momento y me dejaría solo.

–Lo siento mucho, Javier.

Él asintió y la tomó de la mano.

–Anda, termínate el bocadillo. Tenemos toda una tarde por delante.

Javier no perdió el tiempo. Cuando terminaron de almorzar, la llevó a su casa. Y, en cuanto cerraron la puerta, le quitó el vestido y le hizo el amor.

El resto de la semana transcurrió del mismo modo, con la única diferencia de que Javier trabajaba cada vez menos. Era como si se hubiera acostumbrado al tiempo libre y disfrutara de él con tanta energía como la que dedicaba a su profesión.

Un día, la llevó en su motora a Little Havana.

Otro, se bañaron desnudos en una playa nudista. E incluso una noche, después de bailar salsa en un club de lo más exclusivo, hicieron el amor en el asiento de atrás de su deportivo.

El único momento difícil llegó precisamente durante su estancia en el club, mientras Javier mencionaba que sería ideal para rodar el anuncio. Estaban en compañía de su nueva directora creativa, y la mujer cometió el error de interesarse por el paradero de Darren. Javier se puso tenso y contestó:

—Lo he nombrado jefe de un fascinante nuevo proyecto. En Alaska.

A mediados de la segunda semana, Carla se dio cuenta de que echaba de menos su trabajo, y le propuso que empezaran con el rodaje del anuncio. Jemma, la directora creativa, había comentado que podían grabar algunas secuencias sin necesidad de llamar a todo el equipo, y a Javier le pareció bien.

Llegaron al club después de comer. No había clientes, y todo estaba preparado para el rodaje. Carla se sintió súbitamente entusiasmada, y se llevó una alegría al ver los vestidos que le había preparado el jefe de vestuario.

—Pareces satisfecha, querida —dijo Javier.

Ella sonrió.

—No esperaba que me fuera a divertir, pero veo que estaba equivocada.

—En ese caso, disfruta de la experiencia. Pero no olvides que no eres actriz, sino patinadora... y de las mejores, debo añadir. Tienes un verdadero don.

Aquella noche, después de hacer el amor, Carla volvió a tener dudas sobre los sentimientos de Javier. Se estaba portando muy bien con ella, y había llegado al extremo de dar literalmente sus formas a una botella de tequila. Pero era un hombre acostumbrado a acumular trofeos, también en materia de mujeres, y tenía miedo de que se aburriera y se cansara de ella en algún momento.

Al notar su inquietud, Javier preguntó:

–¿Te pasa algo?

Ella respiró hondo, sacudió la cabeza y le dio un beso en los labios.

–No, no me pasa nada –mintió–. Nada en absoluto.

Capítulo 12

DURANTE los días siguientes, Carla intentó convencerse de que, efectivamente, no pasaba nada. Pero seguía preocupada con el asunto de su padre, que no la había llamado ni una sola vez desde el intercambio de mensajes que había puesto fin a su relación profesional.

Como conocía las motivaciones de Olivio, habló con Javier y le pidió que acelerara la transferencia del primer pago, cosa que hizo. Sin embargo, su padre seguía sin llamar. Y el día de la fiesta de cumpleaños, Javier la descubrió mirando constantemente el móvil y se enfadó.

–¿Qué haces mirando el teléfono? –preguntó con brusquedad–. Te necesito conmigo, abajo. Los invitados están a punto de llegar.

–No te preocupes por eso –dijo ella–. Ya he terminado de vestirme, así que podemos bajar cuando quieras.

Javier la miró de arriba abajo. Se había puesto un vestido precioso, de color crema, que se ajustaba a su torso y sus caderas y se ensanchaba después. Carla se había quedado fascinada cuando Javier se había presentado con él, esa misma tarde. Y, si no hubiera sido porque era demasiado consciente del carácter aparentemente transitorio de su relación, se habría sentido feliz.

–Bajemos entonces. Pero antes, quiero darte algo.

Él se llevó una mano al bolsillo de la chaqueta y sacó una cajita rectangular.

–No, Javier...

–Es mi cumpleaños, querida. No puedes negarme nada.

–Pero se supone que soy yo quien debe hacerte un regalo a ti.

Javier abrió la caja y sacó un collar de platino con un enorme diamante.

–Oh, Dios mío... No era necesario –dijo ella.

–Ya sé que no era necesario, pero será un complemento perfecto para tu vestido. Si no te gusta, lo puedes devolver después de la fiesta.

Carla asintió, y él le puso el collar.

–Oh, vaya, había olvidado una cosa –continuó Javier.

–¿Cuál?

–Que la posibilidad de devolver el collar se perdía en el preciso momento en que te lo pusieras –contestó–. Y no, no es por las normas de la joyería donde lo compré. Es por mis propias normas.

Javier sonrió con picardía, y ella le devolvió la sonrisa. Pero, justo entonces, oyó una voz familiar que interrumpió el curso de sus pensamientos.

–¡Es Maria! ¡Ya ha llegado!

–Eso parece.

En cuanto bajaron al salón, Carla se abalanzó sobre su amiga, una mujer extraordinariamente bella. Maria también había sido patinadora, pero se había visto obligada a dejar el deporte tras sufrir un accidente por culpa de Tyson Blackwell. Lamentablemente, ella no había terminado con una simple muñeca rota; se había hecho daño en la espalda, y ya no podía patinar.

–Llegas pronto. Aunque no me importa en absoluto.

Tras saludar a Maria, Carla se giró hacia Javier y Draco, que se miraban con desconfianza. Pero la situación se relajó bastante cuando Rebel Daniels, la prometida de Draco, hizo un comentario jocoso y les arrancó una carcajada.

Más tranquila, Carla se concentró en su amiga.

–¿Qué tal estás?

–Mucho mejor. Desde que sé que ese canalla de Blackwell va a pagar por todo lo que ha hecho, soy una mujer feliz. Gracias por haber presentado cargos.

–No, gracias a ti por apoyarme cuando más lo necesitaba.

–No estoy segura de haber hecho gran cosa, pero no hay de qué. Aunque, por otra parte, no deberías ser tan agradable conmigo. Te aseguro que, si Javier y tú no estuvierais enamorados, le intentaría seducir.

–Javier y yo no estamos... no somos...

Carla no pudo terminar la frase, porque Rebel se acercó entonces y la abrazó, alimentando una incomodidad muy distinta.

–Te debo una disculpa, Rebel –acertó a decir–. No me he portado muy bien.

–Olvídalo, no tiene importancia. Sé que Draco y tú solo sois buenos amigos. Pero, si crees que estás en deuda conmigo, se me ocurre una forma de que la saldes.

–¿Cuál?

–Que vengas a mi boda. Nos vamos a casar el mes que viene, y nos encantaría que Javier y tú asistierais –dijo con entusiasmo.

Carla no supo qué decir. Ni siquiera sabía si, para entonces, seguiría con Javier. Pero él se le adelantó.

–Por supuesto que iremos.

–¡Excelente! –dijo Rebel con una gran sonrisa–. Y ahora, querido Javier, háblame un poco de tu nuevo tequila. O, mejor aún, ¿por qué no nos invitas a un chupito antes de que aparezcan el resto de los invitados?

–Eso está hecho.

–Olvídalo, Santino –intervino Draco–. Necesito que esté sobria por la mañana, cuando aparezca el coordinador de la boda, que ella se ha empeñado en contratar.

–No iba a permitir que la organizaras tú, por muy mandón que seas –se burló su prometida–. Habría sido un desastre.

–Pensándolo bien, será mejor que bebas un poco. De lo contrario, me obligarás a demostrarte delante de todo el mundo lo desastrosamente romántico que puedo ser –ironizó.

Rebel rompió a reír, y se alejó con Javier y Maria en busca del tequila prometido.

–¿Tú no vas? –preguntó Carla a Draco.

–No, ya he tenido ocasión de probarlo. De hecho, también he visto la nueva botella. Es un diseño de lo más peculiar, ¿no te parece?

Carla carraspeó.

–¿Hay algo que deba saber? –continuó él.

Ella sacudió la cabeza y se ruborizó.

–No, en absoluto.

–Si tú lo dices... Por cierto, ¿cómo está el asunto de tu padre? Santino me ha dicho que aún no se ha resuelto.

–¿Habéis estado hablando de mí?

–Parece interesado en tu bienestar, y yo no soy quién para llevarle la contraria –respondió Draco–. Pero aún no has contestado a mi pregunta.

–No, aún no se ha resuelto. Pero va por buen camino.

–Me alegro.

Durante la hora siguiente, Carla se dedicó a hablar con los invitados. Luego, Rebel se le acercó y le pidió un favor.

–¿Puedo pedirte una cosa?

–Claro.

–Tengo que ir al cuarto de baño, y aquí hay tantas mujeres bellas que no me fío de lo que pueda pasar si Draco se queda solo. ¿Podrías bailar con él hasta que vuelva?

–Bueno, yo...

–¡Gracias! –exclamó Rebel, encantada–. Y, si se pone demasiado protector contigo, dile un par de cosas desagradables. Es insoportable cuando le da por ejercer de hermano mayor.

Carla no tuvo más remedio que hacerle el favor. Y ya estaba bailando con Draco cuando Javier apareció y dijo:

–¿Te importa, Angelis? Ahora me toca a mí.

–Adelante...

Draco la soltó y Javier se puso a bailar con Carla.

–Empiezo a estar cansado de descubrirte en brazos de otros hombres –declaró–. Cualquiera diría que intentas ponerme celoso.

–Y cualquiera diría que has invitado a Draco para ponerme a prueba –replicó ella.

–Te equivocas. No lo invité por eso.

–Oh, Javier... ¿Qué tengo que hacer para demostrarte que te deseo a ti y solo a ti?

Javier la miró con intensidad.

–Bueno, se me ocurren un par de cosas que podrías hacer.

Al final de la noche, Carla tuvo ocasión de demostrarle su afecto en la práctica. Y se lo demostró de un modo particularmente activo: se puso a horcajadas sobre él, descendió sobre su sexo y le hizo el amor.

Javier se quedó dormido al cabo de un rato, y Carla decidió comprobar su teléfono móvil, que no había mirado en varias horas.

Su padre le había mandado un mensaje de texto. Decía que había recibido el primer pago, y que estaba dispuesto a decirle la verdad, pero con una condición: que fuera a su casa y hablara con él a solas.

Javier sabía que a Carla le pasaba algo. Habían vuelto a Nueva York y, aparentemente, no había nada que la pudiera turbar. El médico le había quitado la escayola y la había sustituido por una venda, lo cual permitió que empezaran con el rodaje del anuncio. Carla tenía motivos para estar contenta, pero sus ojeras indicaban otra cosa.

Un día, él se tuvo que marchar a Miami por asuntos de trabajo; y, mientras estaba allí, la llamó por teléfono.

–Acabo de ver el anuncio –declaró.

–¿Y qué te parece? –preguntó ella, nerviosa.

–Que ha quedado bien.

Carla se rio.

–¿Solo bien? Jemma dijo que estarías encantado.

Él le devolvió la risa.

–De acuerdo, lo admito, me gusta mucho. Pero ¿qué te ha parecido la experiencia? ¿Te has divertido?

–Sí, más de lo que me imaginaba. Detesto que me graben, pero no he tenido que patinar demasiado. ¿Cuándo vuelves a casa? ¿Esta noche?

–No, me temo que no será posible.

–¿Y eso?

–Mi padre se ha puesto en contacto conmigo –contestó Javier–. Me voy a España esta misma tarde.

–Ah... –dijo ella–. ¿Y cuándo volverás?

–En dos o tres días, como mucho.

–Espero que sirva de algo.

Javier guardó silencio durante unos instantes. La echaba terriblemente de menos, y se le ocurrió una idea.

–¿Por qué no vienes conmigo?

–¿A España? No puedo. Aún tenemos trabajo por delante. Si me fuera, sabotearía tu propio proyecto.

–No me importa.

–Pues a mí, sí. Y a ti también te debería importar.

–¿Me estás regañando?

–¿Quién, yo? Ni se me ocurriría –se burló ella.

–Umm...

–Bueno, será mejor que te deje. Me están esperando en el plató.

–Está bien, seguiremos hablando esta noche. Pero, antes de que cuelgues, dime que me echas de menos.

–Te echo de menos, Javier.

Cuando cortaron la comunicación, Javier se dio cuenta de que su relación había cambiado. Ya no se conformaba con el cuerpo de Carla Nardozzi. Quería más, mucho más. Quería cosas que no le podía pedir, pero decidió que se lo pediría de todas formas en cuanto hablara con Fernando y consiguiera que los restos mortales de su madre descansaran en el panteón de su familia.

Aquella mujer había ocupado sus pensamientos durante tres largos años. Y en esos momentos sabía que, en su obsesión, había algo más profundo que el simple orgullo herido. Carla le había llegado al corazón. Aunque no se hubiera dado cuenta hasta ese momento.

En todo caso, la espera estaba llegando a su fin. Ya solo era cuestión de días o, como mucho, de una semana.

Diez días más tarde, el helicóptero de Javier se posó en Miami. Su estancia en Menor Compostela había sido bastante problemática, pero los problemas estaban lejos de haber terminado.

Cuando llegó a la casa, se encontró con Constanza, que lo estaba esperando en la puerta principal.

–¿Dónde está Carla?

–Señor, yo...

–¿Está arriba?

–Se ha ido, señor.

Él se quedó atónito.

–¿Cómo que se ha ido?

–Se fue hace cuatro días.

–Pero ¿cómo es posible? ¿Por qué no me habías dicho nada?

Javier se pasó una mano por el pelo, pero no insistió en su interrogatorio. A fin de cuentas, sus empleados no podían saber que su interés por Carla iba mucho más allá de la simple atracción sexual. No les había dicho lo importante que era para él. La respetaban porque estaba a su lado, pero habían supuesto que solo era una aventura pasajera.

–¿Señor?

–¿Sí?

Constanza se llevó una mano al bolsillo y sacó un sobre.

–¿Qué es eso? –preguntó él.

–Una nota. Es de la señorita Carla. La escribió antes de marcharse.

Capítulo 13

JAVIER leyó una y otra vez aquella nota. La leyó hasta el hartazgo y, cuanto más la leía, más confundido estaba. Carla había sido absolutamente tajante. No quería saber nada de él. Sin embargo, Javier no se iba a rendir así como así. Y, días más tarde, se presentó en la boda de Draco y Rebel porque era consciente de que Carla no se perdería la boda de su amigo.

La encontró cuando la ceremonia ya había terminado, y se dirigió a ella directamente.

–¿Y bien? –bramó–. ¿No vas a darme una explicación?

–Mira, Javier...

–No, no quiero hablar contigo delante de todo el mundo. No estaría bien que les estropeáramos la boda con una discusión.

–Entonces, ¿por qué has venido?

–Porque quiero que me expliques lo que ha pasado. Pero eso no significa que lo hablemos en público.

–Ya te lo he explicado. Te dejé una nota.

–Sí, eso es verdad, pero... –Javier se detuvo un momento y se pasó una mano por el pelo–. De acuerdo, salgamos y mezclémonos un rato con los invitados. Como decía, no estaría bien que les amargáramos la fiesta. Pero esta noche, cuando estemos solos, arreglaremos este asunto de una vez por todas.

Javier no hablaba por hablar. Se comportó de forma exquisita durante la fiesta, y no volvió a mencionar el tema. Pero, al final de la noche, cuando ya se dirigían al hotel donde iban a dormir los invitados, la llevó a un aparte y preguntó:

—¿Dónde has estado todo este tiempo?

Carla suspiró.

—Mi madre compró una casita en Maidstone, en la costa inglesa. Me la dejó en herencia, pero yo la puse en venta cuando le ofrecí ese acuerdo a mi padre, porque pensé que necesitaría más dinero —contestó—. Hace tres semanas, el agente inmobiliario me llamó y me dijo que había recibido una oferta interesante, así que fui a Gran Bretaña con intención de recoger las cosas de mi madre.

—¿Y has estado escondida allí?

—Yo no he estado escondida.

Javier sacudió la cabeza.

—Si tú lo dices... Pero ya me contarás el resto de la historia de camino al aeropuerto.

—Yo no me puedo ir. Tengo que volver a Inglaterra —protestó ella.

—Vas a hablar conmigo de todas formas, Carla. Puede ser en mi avión o puede ser mientras esperamos el tuyo, pero hablaremos.

—Javier, esto no tiene sentido.

—Tiene todo el sentido del mundo.

Al final, Carla dio su brazo a torcer y se fue con el hombre que había trastocado su vida. El avión despegó en un tiempo récord y, tras quitarse el cinturón de seguridad, Javier dijo:

–¿Qué tengo que hacer para que me quieras? ¿Qué tengo que hacer para que me des una oportunidad?

Carla se quedó boquiabierta.

–¿De qué estás hablando?

–De la nota que me dejaste –dijo él, sacándola del bolsillo.

–¿La llevas encima?

–Por supuesto que sí. Y sigo esperando una explicación.

–¿De qué parte?

–¡De toda!

Carla se quedó mirando las líneas que le había escrito con todo el dolor de su corazón. Unas líneas que decían así:

Querido Javier:

Hoy he vuelto a patinar, y tenías razón. Me encanta este deporte. Lo llevo en la sangre. Ya no me enamora como antes, pero puede que vuelva a sentir lo mismo con el tiempo. O puede que no... A veces, no tenemos más remedio que dejar lo que más se quiere.

Estoy harta de fingir, Javier. Ni tú ni yo nos lo merecemos. Evidentemente, respetaré nuestro acuerdo y las obligaciones laborales a las que me comprometí; pero es mejor que nos separemos ahora.

Siento mucho lo que ha pasado. Lo siento de verdad.

Tuya,

Carla

–¿Qué es eso de que estás harta de fingir? ¿Insinúas que has estado fingiendo todo este tiempo? –preguntó Javier–. ¿Cómo puedo demostrarte lo que siento por ti si huyes a las primeras de cambio y desapareces sin dejar rastro?

–No pensé que te importara, teniendo en cuenta que...

–¿Teniendo en cuenta qué?

Ella sacudió la cabeza.

–No importa. Además, dijiste que estarías fuera dos o tres días, y no cumpliste tu palabra. Ni siquiera me llamaste por teléfono.

–¿Esa es tu excusa? ¿Que no te llamé por teléfono? No te llamé porque no pude. Pero ¿cuándo vas a dejar de huir de mí? ¿Cuándo vas a dejar de huir de lo nuestro?

–Javier...

–Tienes razón. Ni tú ni yo nos merecemos esto –la interrumpió–. Y, si no te hubieras marchado otra vez, te habría podido explicar el motivo de mi silencio telefónico. ¿Sabes por qué no te llamé? Porque a mi padre le dio un infarto.

–¿Cómo?

–Ha sobrevivido, pero se pasará el resto de su vida en una silla de ruedas.

–Oh, Dios mío... No sé qué decir.

–Ya has dicho bastante –afirmó él–. En todo caso, hablé con él y llegamos a un acuerdo. Mi madre descansará finalmente con su familia.

–Me alegro mucho, Javier –dijo con sinceridad.

–¿Qué he hecho para que me odies tanto? ¿Obligarte a ser mi amante? Sabes de sobra que no te has estado acostando conmigo contra tu voluntad.

–Yo no te odio, Javier. Nunca te he odiado. Me fui porque...

–¿Por qué?

Ella apartó la mirada.

–Mi padre me escribió durante tu fiesta de cumpleaños. Me dijo que me contaría lo de mi madre, pero solo si iba sola a su casa. Y me asusté mucho. Pensé que la había matado y que por fin me lo iba a confesar.

–¿Y no fue así?

Carla sacudió la cabeza.

–No, fue un accidente. Como ya me imaginaba, tuvieron una discusión. Mi madre salió a toda prisa de la casa y, al pasar por la zona de la piscina, resbaló y se dio un golpe en la cabeza –explicó–. Afortunadamente para él, había instalado cámaras de seguridad que grabaron la escena. Vi la grabación, y sé que dice la verdad.

–Pero ¿por qué lo ha guardado en secreto?

Ella se encogió de hombros.

–Solo era otra forma de controlarme. Un simple truco.

Javier maldijo a Olivio en voz alta.

–De todas formas, eso solo explica el motivo de tu marcha. No explica por qué no volviste a Miami.

–No podía volver. Estoy enamorada de ti desde hace tiempo, y no soportaba la idea de que me abandonaras.

–¿Cómo? –dijo él, perplejo–. No te entiendo.

–Creí que solo me querías como amante.

–Oh, Dios mío... Te amo desde hace años, Carla. Me enamoré de ti cuando te conocí, pero tú me rompiste el corazón a la mañana siguiente. Desde entonces, no he hecho otra cosa que buscar la forma de que volvieras conmigo. Y tú... tú...

Javier dejó de hablar y la besó apasionadamente

durante varios minutos. Luego, la llevó al dormitorio que estaba en la parte trasera del avión y, cuando ya estaban desnudos, le quitó las horquillas del pelo.

–No quiero que te lo vuelvas a recoger. No te lo recojas nunca más.

Ella soltó una carcajada de alegría.

–¿Y qué pasará cuando compita? No puedo llevar el pelo suelto.

–¿Vas a volver a la competición?

–No, todavía no. Antes, quiero disfrutar un poco de ti. Pero volveré algún día.

Javier le acarició la cara.

–Oh, te aseguro que nuestra relación va a ser mejor que nunca, amor mío. Me encargaré de que pagues por todo el tiempo que hemos perdido hasta ahora.

–¿Ah, sí? ¿Cómo?

–Con un tipo de acuerdo muy distinto al que habíamos firmado.

–¿Un acuerdo?

–Uno matrimonial –dijo él–. Te compraré un anillo, te convertirás en mi esposa y te querré hasta que la muerte nos separe. Pero aún no has dicho si aceptas mi ofrecimiento.

A Carla se le llenaron los ojos de lágrimas.

–Sí, por supuesto que sí. Soy tuya, y quiero ser tuya para siempre.

Javier entró en ella con una suave acometida.

–Te adoro, Javier.

–Y yo a ti, amor mío. No lo dudes nunca.

Bianca

Hacía poco era una simple chica... ahora estaba a punto de entrar en la realeza

Lizzy Mitchell era una chica corriente, pero tenía algo que el príncipe Rico Ceraldi deseaba más que nada en el mundo: era la madre adoptiva del heredero al trono del principado de San Lucenzo.

Quizá no tuviera el poder y la riqueza de los Ceraldi, pero Lizzy estaba dispuesta a hacer prácticamente cualquier cosa para no perder a su hijo. Por eso, cuando Rico le pidió que se casara con él, se dio cuenta de que debía aceptar aquel matrimonio de conveniencia. Rico le había dejado muy claro que ella era demasiado corriente para él. Pero la boda real dio lugar a una transformación que dejó boquiabierto al príncipe...

UN PRÍNCIPE EN SU VIDA
JULIA JAMES

UN PRÍNCIPE EN SU VIDA
JULIA JAMES

Acepte 2 de nuestras mejores novelas de amor GRATIS

¡Y reciba un regalo sorpresa!

Oferta especial de tiempo limitado

Rellene el cupón y envíelo a

Harlequin Reader Service®
3010 Walden Ave.
P.O. Box 1867
Buffalo, N.Y. 14240-1867

¡Sí! Por favor, envíenme 2 novelas de amor de Harlequin (1 Bianca® y 1 Deseo®) gratis, más el regalo sorpresa. Luego remítanme 4 novelas nuevas todos los meses, las cuales recibiré mucho antes de que aparezcan en librerías, y factúrenme al bajo precio de $3,24 cada una, más $0,25 por envío e impuesto de ventas, si corresponde*. Este es el precio total, y es un ahorro de casi el 20% sobre el precio de portada. !Una oferta excelente! Entiendo que el hecho de aceptar estos libros y el regalo no me obliga en forma alguna a la compra de libros adicionales. Y también que puedo devolver cualquier envío y cancelar en cualquier momento. Aún si decido no comprar ningún otro libro de Harlequin, los 2 libros gratis y el regalo sorpresa son míos para siempre.

416 LBN DU7N

Nombre y apellido   (Por favor, letra de molde)

Dirección   Apartamento No.

Ciudad   Estado   Zona postal

Deseo

Aislados en la nieve
Andrea Laurence

Briana Harper, fotógrafa de bodas, no esperaba encontrarse con su exnovio en una sesión de fotos. Y cuando una tormenta de nieve los dejó aislados en una remota cabaña en la montaña, supo que estaba metida en un buen lío. No había olvidado a Ian Lawson, pero ninguna de las razones por las que habían roto había cambiado. Ian seguía siendo adicto al trabajo y, además, estaba a punto de casarse.

Ian era un hombre que sabía lo que quería. Y lo que quería era a Briana. Sin embargo, el magnate de la industria musical iba a tener dificultades para demostrar algunas cosas.

Hacía mucho calor a pesar de la nieve...

Bianca

Ella era una mujer fría... él, un hombre de sangre mediterránea

La supermodelo Anneliese Christiansen parecía tenerlo todo: éxito profesional, amigos famosos y la adoración de la prensa. Y tenía motivos más que suficientes para resistirse al poder de seducción del millonario griego Damon Kouvaris... Damon esperaba que la fría y hermosa Anneliese acabase en su cama, pero estaba a punto de descubrir que no iba a resultarle tan fácil. Siempre conseguía lo que deseaba... y si el premio merecía la pena estaba dispuesto a pagar el precio que fuese necesario.

SEDUCCIÓN DESPIADADA
CHANTELLE SHAW